絶望鬼ごっこ

くらやみの地獄ショッピングモール

針とら・作
みもり・絵

集英社みらい文庫

桜《さくら》ヶ《が》島《じま》小《しょう》学《がっ》校《こう》の生《せい》徒《と》たち

6年《ねん》2組《くみ》

大場《おおば》大翔《ひろと》

正義感《せいぎかん》が強《つよ》く、友達想《ともだちおも》い。ふだんは母親《ははおや》と妹《いもうと》と3人《にん》で暮《く》らしている。

大場《おおば》結衣《ゆい》

桜ヶ島保育園《さくらがじまほいくえん》に通《かよ》う大翔《ひろと》の妹《いもうと》。泣《な》き虫《むし》で、いつも兄《あに》の大翔《ひろと》にあまえている。

桜井《さくらい》 悠《ゆう》

大翔《ひろと》の幼《おさな》なじみで親友《しんゆう》。小《こ》柄《がら》でマイペース。運動《うんどう》は苦《にが》手《て》だけど、ゲームは得意《とくい》。

金谷章吾《かなやしょうご》
学年一運動神経《がくねんいちうんどうしんけい》がよく、頭《あたま》もいい。大人《おとな》びていて、いつもクールにまわりを見《み》ている。
6年《ねん》1組《くみ》
宮原《みやはら》 葵《あおい》
学年一《がくねんいち》の秀才《しゅうさい》でしっかり者《もの》。おせっかいでおてんばだが、密《ひそ》かに男子《だんし》から人気《にんき》。
伊藤孝司《いとうこうじ》
読書好《どくしょず》きでふだんはおとなしい性格《せいかく》だが、やるときはやる男子《だんし》。和也《かずや》と仲《なか》よし。
関本和也《せきもとかずや》
クラスのムードメーカー。お調子者《ちょうしもの》でハメをはずしてよく怒《おこ》られる。孝司《こうじ》と仲《なか》よし。

桜《さくら》ヶ《が》島《じま》ショッピングモール見《み》取《と》り図《ず》

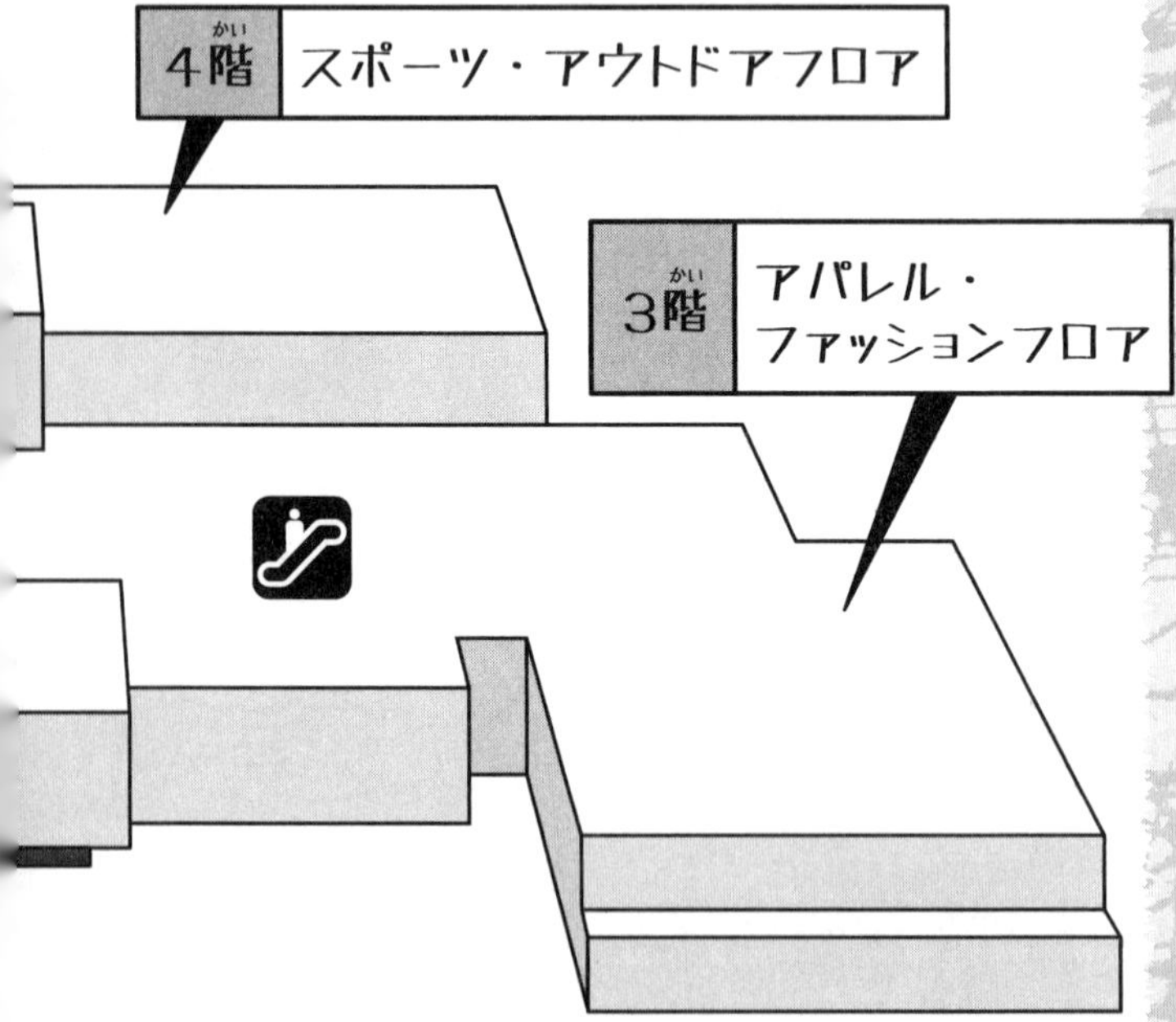

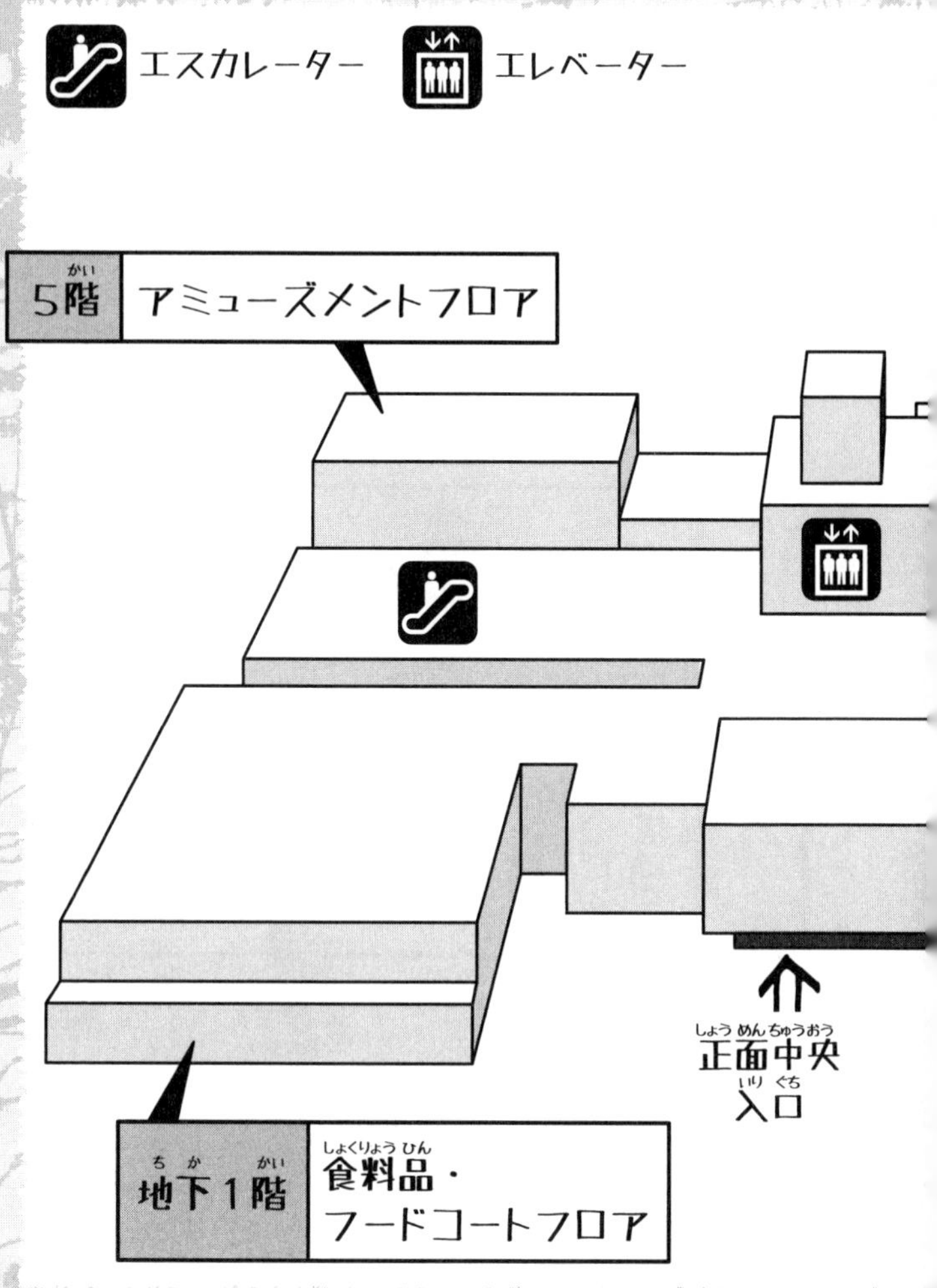
エスカレーター
エレベーター
5階《かい》
アミューズメントフロア
地下《ちか》1階《かい》
食料品《しょくりょうひん》・
フードコートフロア
正面中央《しょうめんちゅうおう》
入口《いりぐち》

☺本日《ほんじつ》の営業案内《えいぎょうあんない》☺

どなたさまもお気軽《きがる》にご参加《さんか》ください！

~~桜ヶ島《さくらがじま》~~ 地獄《じごく》ショッピングモール従業員一同《じゅうぎょういんいちどう》

ルール①＞鬼《おに》におそわれた子供《こども》のみなさまは、すみやかにお逃《に》げください

ルール②＞鬼《おに》は、逃《に》げる子供《こども》のみなさまをお捕《つか》まえください

ルール③＞きめられた範囲《はんい》を越《こ》えて逃《に》げるのは、ご遠慮《えんりょ》ください

ルール④＞時間《じかん》いっぱい鬼《おに》から逃《に》げきれれば、その子供《こども》は勝《か》ちとなります

ルール⑤＞鬼《おに》に捕《つか》まった子供《こども》のみなさまは、

とさせていただきます

☺ よいこのみんなへ ☺
鬼《おに》ごっこのルール　解説CM《かいせつシーエム》

1　地《じ》獄《ごく》ショッピングモールへようこそ！

1

『ルール①　鬼《おに》におそわれた子供《こども》のみなさまは、すみやかにお逃《に》げください。』

とつぜんひびいてきた声《こえ》に、大場《おおば》大翔《ひろと》はたちどまった。

ポケットに両手《りょうて》をつっこんだまま、あたりを見《み》まわす。となりでは悠《ゆう》と葵《あおい》が、なんだろう？　と顔《かお》を見《み》あわせている。

午前《ごぜん》10時《じ》ちょうどだった。

週末《しゅうまつ》のショッピングモール。
その最上階《さいじょうかい》の、映画館《えいがかん》のはいっているアミューズメントエリア。
3人《にん》はしばらく顔《かお》を見《み》あわせたあと、声《こえ》の聞《き》こえてくるほうをふりかえった。
チケットカウンターの横《よこ》にそなえつけられた、大型液晶《おおがたえきしょう》モニタだった。
いつもなら、新作映画《しんさくえいが》の予告編《よこくへん》や、映画鑑賞《えいがかんしょう》のマナーCM《シーエム》が流《なが》れてるやつだ。
画面《がめん》にはいま、CG《シージー》で描《えが》かれたキャラクターが2人《ふたり》、うつっていた。
1人《ひとり》は、馬《うま》のマスクをかぶった馬男《うまおとこ》。
1人《ひとり》は、ランドセルを背《せ》おった子供《こども》。
かわいく描《えが》かれたキャラたちが、画面《がめん》のなかでおどっている。
画面《がめん》のはしっこには、
『☺よいこのみんなへ！　鬼《おに》ごっこのルール　解説《かいせつ》CM《シーエム》☺』
と書《か》かれていた。
『ルール②　鬼《おに》は、逃《に》げる子供《こども》のみなさまをお捕《つか》まえください。』

モニタのなかで、馬男《うまおとこ》が子供《こども》を追《お》いかけはじめた。
2人《ふたり》はぐるぐると円《えん》になって走《はし》りまわっている。
『ルール③　きめられた範囲《はんい》を越《こ》えて逃《に》げるのは、ご遠慮《えんりょ》ください。』
子供《こども》が逃《に》げようとした先《さき》に、ニョキニョキと壁《かべ》が生《は》えてきた。
子供《こども》はあわてたように汗《あせ》をだすと、べつの方向《ほうこう》へ走《はし》りはじめる。
『ルール④　時間《じかん》いっぱい鬼《おに》から逃《に》げきれれば、その子供《こども》は勝《か》ちとなります。』
画面《がめん》のすみに目覚《めざ》まし時計《どけい》が表示《ひょうじ》されて、ジリジリと鳴《な》った。
子供《こども》はうれしそうにバンザイをして、馬男《うまおとこ》はざんねんそうに肩《かた》をおとした。
3人《にん》は、だまったまま、映像《えいぞう》の流《なが》れるモニタをじっと見《み》つめていた。
大翔《ひろと》は、やけにのどが渇《かわ》いてくるのを感《かん》じた。
人《ひと》の気配《けはい》のないフロアに、ナレーションの声《こえ》だけが流《なが》れつづけている。

やがて、馬男《うまおとこ》は少《すこ》しずつ距離《きょり》をつめて、子供《こども》の背中《せなか》に追《お》いついた。

逃《に》げる子供《こども》に飛《と》びかかり、うしろからドンッと突《つ》き飛《と》ばす。子供《こども》は前《まえ》のめりにたおれて、ランドセルからころころとたて笛《ぶえ》がころがる。

馬男《うまおとこ》はジャンプして、子供《こども》の上《うえ》に飛《と》び乗《の》った。

子供《こども》は助《たす》けを求《もと》めるように、右腕《みぎうで》をのばした。画面《がめん》のこちら側《がわ》……大翔《ひろと》たちのほうへむかって。


『ルール⑤』


馬男《うまおとこ》が——口《くち》をひらいた。

全体的《ぜんたいてき》にかわいい絵柄《えがら》のなかで、口《くち》のなかだけがやけにリアルだった。

するどくとがった牙《きば》が、口《くち》の上下《じょうげ》から無数《むすう》に突《つ》きだしている。牙《きば》のあいだにつまっているのは食《た》べカスだ。だらだらヨダレがこぼれおちる。

『――鬼《おに》に捕《つか》まった子供《こども》のみなさまは、☠とさせていただきます。』

子供《こども》の首《くび》すじに――ガブリと喰《く》らいついた。
子供《こども》が「ＨＥＬＰ《たすけて》」とフキダシをだした。必死《ひっし》にこちらに手《て》をのばす。
馬男《うまおとこ》はガツガツと子供《こども》の体《からだ》をむさぼり食《く》う。
腕《うで》を食《く》いちぎり、足《あし》をかみさき、頭《あたま》をのみこむ。
バリボリ、バリボリ
……子供《こども》は右腕《みぎうで》をのばした格好《かっこう》のまま、みるみるガイコツの姿《すがた》になってしまった。
『ＹＯＵ《おまえは》　ＤＩＥＤ《しんだ》！』
血《ち》で書《か》いたような真《ま》っ赤《か》な文字《もじ》が、画面《がめん》にじわじわとうかびあがってきた。
『それでは、楽《たの》しい鬼《おに》ごっこを！』
馬男《うまおとこ》と、ガイコツになった子供《こども》がたちあがると、ていねいにペコリとおじぎをした。

そこで映像《えいぞう》はピタリと止《と》まった。停止《ていし》ボタンを押《お》したみたいに。
――ブツッ
にぶい音《おと》とともに画面《がめん》が真《ま》っ赤《か》に染《そ》まった。
そのまま、もうなにも変《か》わらなかった。

＊＊＊

その日《ひ》の朝《あさ》は、いつもと変《か》わらないふつうの朝《あさ》だった。

大翔《ひろと》が起《お》きたのは、学校《がっこう》がある日《ひ》よりちょっとおそい、8時前《じまえ》。章吾《しょうご》に電話《でんわ》をかけて、映画《えいが》にさそったのは、8時半《じはん》くらいのことだったと思《おも》う。

桜《さくら》ヶ島《がじま》ショッピングモールは、このあたりでは一番《いちばん》でっかいショッピングセンターで、子供《こども》たちにも人気《にんき》のスポットだ。バスで1本《ぽん》、自転車《じてんしゃ》でもいける。でっかい本屋《ほんや》にゲームショップ、ゲームセンターに映画館《えいがかん》もある。

その日《ひ》、大翔《ひろと》は幼《おさな》なじみの悠《ゆう》と葵《あおい》と一緒《いっしょ》に、モールの映画館《えいがかん》にいく約束《やくそく》をしていた。

近《ちか》ごろすごくはやっているアニメ映画《えいが》があって、観《み》にいこうってことになったのだ。

「おまえ、まだアニメなんて子供《こども》っぽいもの観《み》てんのか？」

一緒《いっしょ》にどう？　と大翔《ひろと》がさそうと、章吾《しょうご》は受話器《じゅわき》のむこうでそういって笑《わら》った。

金谷章吾《かなやしょうご》。

桜ヶ島小《さくらがじましょう》6年《ねん》1組男子《くみだんし》、出席番号《しゅっせきばんごう》6番《ばん》。

運動神経抜群《うんどうしんけいばつぐん》。成績《せいせき》もトップクラス。なにをやってもうまくこなし、子供《こども》たちからも先《せん》生《せい》たちからも一目《いちもく》おかれているスゴいやつだ。

大翔《ひろと》とは、ひょんなことから、よく話《はな》すようになった。ほとんどは廊下《ろうか》ですれちがいざまに、「よう」とか「おう」とかいうくらいだけど、それでも学校《がっこう》のみんなにはおどろきだった。章吾《しょうご》は友達《ともだち》をつくろうとしなくて、みんなに〝孤高《ここう》の天才《てんさい》〟って呼《よ》ばれてるくらいだったから。

だから章吾《しょうご》が自分《じぶん》から大翔《ひろと》に声《こえ》をかけると、みんな、好奇心《こうきしん》いっぱいの顔《かお》でこう訊《き》く。

――なんだよ、おまえら、友達《ともだち》になったの？

（友達《ともだち》？　まさか）

章吾《しょうご》はきまって首《くび》をふり、大翔《ひろと》をふりかえってこういう。

(友達《ともだち》になんてなった覚《おぼ》えはねえよ。だろ？　大翔《ひろと》)

章吾《しょうご》は、そんなやつだった。いつもクールで、大人《おとな》びている。

みんなで楽《たの》しく映画《えいが》だなんて、キョーミないだろうとは、思《おも》ってたけど。

「ほかに予定《よてい》があるんだよ。またこんどな」

ひとしきり章吾《しょうご》に笑《わら》われて、大翔《ひろと》はちょっと腹《はら》をたてて電話《でんわ》をきった。ふん、こんどはもう、さそってやらねぇからな。

……それが、8時《じ》30分《ぷん》ごろのこと。

いつもどおりの朝《あさ》だった。


朝食《ちょうしょく》を食《た》べて、はやめに家《いえ》をでようとしたのが9時《じ》すぎ。結局《けっきょく》、結衣《ゆい》に見《み》つかってしまって、実際《じっさい》に家《いえ》をでられたころには9時半近《じはんちか》くになっていた。

大翔《ひろと》は、母親《ははおや》と妹《いもうと》との3人暮《にんぐ》らし。結衣《ゆい》は大翔《ひろと》の歳《とし》のはなれた妹《いもうと》で、保育園《ほいくえん》に通《かよ》っている。

性格《せいかく》を一言《ひとこと》でいうなら、「あまったれ」。

特技《とくぎ》は、「泣《な》くこと」。

口《くち》ぐせ、「おにーちゃん、おぶって」「おにーちゃん、ゆいも」「おにーちゃんのばか」……。

妹《いもうと》ってやつは、どうしてあんなにめんどうなんだろ？

大翔《ひろと》はこのごろ、結衣《ゆい》の毎日《まいにち》のわがまま攻撃《こうげき》に、うんざりきてしまっている。

大翔《ひろと》が友達《ともだち》とサッカーにいこうとすると、きまって、「ゆいもいく！」。小《しょう》6の男子《だんし》と5歳《さい》の女《おんな》の子《こ》が、一緒《いっしょ》にサッカーなんてできるわけがない。だめだといったらべそをかく。しかたないから交《ま》ぜてやっても、ボールがけれないといってはへそをまげ、ほうってお いたらまたぐずる。友達《ともだち》は気《き》をつかって、いいよといってはくれるけど、やっぱりちょっとしらけてしまう。

迷惑《めいわく》かけるなよってしかったら、「おにーちゃんのばか」。

「……まあまあ。そういう年《とし》ごろなのよ。まだ小《ちい》さいんだから」

母《かあ》さんは食器《しょっき》を洗《あら》いながら、ちょっとこまったような声《こえ》で大翔《ひろと》をなだめる。

「大目《おおめ》に見《み》てあげてほしいな。大翔《ひろと》はお兄《にい》ちゃんなんだから。……あ、こういういいかたすると上《うえ》の子《こ》がグレるって、子育《こそだ》て雑誌《ざっし》に書《か》いてあったんだ……」

べつにいまさら、そんくらいでグレない。そんくらいでグレてたら、おれ、とっくに不《ふ》良《りょう》だ。

ただ、こっちにだって「交友関係《こうゆうかんけい》」ってものがあるのくらいは、わかってほしいけどね。

「――ゆいもえいが、みたい！　おにーちゃんだけズルい！」

見《み》つからないようこっそりでかけようとしていたのに、靴《くつ》を履《は》いているところを見《み》つかってしまって、大《おお》さわぎになってしまったのだ。

「こんど、お母《かあ》さんと一緒《いっしょ》にね」

「いや！　きょう、いく！　ズルいもん！」

母《かあ》さんがあわててなだめにはいるけど、結衣《ゆい》は聞《き》きやしない。

わめくついでに大事《だいじ》なシューズをけっ飛《と》ばされて……大翔《ひろと》もかっとなった。

「うるさい！　いいかげん、わがままいうな！」

怒鳴《どな》りつけると、結衣《ゆい》はみるみる目《め》に涙《なみだ》をためた。ほら、また泣《な》く。

「お、おにーちゃんのばかぁ！」「アホぉ！」「ドジぃ！」「マヌケぇ！」「おたんこなすっ！」

「ゲジゲジ虫《むし》！」

知《し》ってるかぎりの悪口《わるくち》をならべはじめる。

「つく……ひっく……。いいもん、もうおにーちゃんなんて……しらないもん……っ。ばかぁ……」

「こら、結衣《ゆい》！　いいかげんにしないと、お母《かあ》さんも怒《おこ》るわよ！」

妹《いもうと》なんて、ほしくなかった。

わがままばかりだし、すぐ泣《な》くし。

弟《おとうと》だったら、一緒《いっしょ》に遊《あそ》べたかもしれないのに。

兄《にい》ちゃんや姉《ねえ》ちゃんだったら、やさしくしてもらえたかもしれないのに。

妹《いもうと》なんて、いらないよ。

「――いってきます！」

大翔《ひろと》は手《て》ばやく靴《くつ》ひもをむすぶと、バタンといきおいよく玄関《げんかん》のドアを閉《し》めた。

閉《し》めぎわに見《み》た結衣《ゆい》は、泣《な》き顔《がお》のまま、うらめしそうに大翔《ひろと》を見《み》ていた。

悠《ゆう》と葵《あおい》と待《ま》ちあわせ、ショッピングモールのエレベーターに乗《の》りこんだのは……ギリギリの、10時《じ》2分前《ふんまえ》。最上階《さいじょうかい》まであがるのは、大翔《ひろと》たちだけだった。

ドアがひらくと、そのフロアには人《ひと》の姿《すがた》がなかった。

……しずまりかえっている。

いつもだったら週末《しゅうまつ》のこの時間《じかん》は、人《ひと》でごったがえしているはずなのに。

5階《かい》のアミューズメントエリアには、映画館《えいがかん》とゲームセンターがはいっている。ひっそりとしずまりかえったなかで、クレーンゲームやメダルゲームの機械《きかい》だけが、単調《たんちょう》に動《うご》きつづけている。

チケット売《う》り場《ば》には、だれもいなかった。

ポップコーンやジュースを売《う》っている売店《ばいてん》にも、人《ひと》の気配《けはい》はない。

ソファもがらんとしている。

……どうして、だれもいないんだ……?

「あ、これ……」

悠《ゆう》が、壁《かべ》を指《ゆび》さした。

一面《いちめん》にでっかく貼《は》られているのは、めあての映画《えいが》の宣伝《せんでん》ポスターだ。

「あ、あれ？　感動《かんどう》する映画《えいが》って話《はなし》じゃなかった……？　これじゃあ、まるで……」

ポスターに描《えが》かれているのは、ツノの生《は》えたばけものが、子供《こども》を食《く》っているところだった。

ホラー映画《えいが》なんて観《み》にきたわけじゃないのに……。

『ただいまより、鬼《おに》ごっこのルール説明《せつめい》をはじめます。

ルール①　鬼《おに》におそわれた子供《こども》のみなさまは、すみやかにお逃《に》げください。』

とつぜんひびいてきた声《こえ》に、大翔《ひろと》はたちどまった。

ポケットに両手《りょうて》をつっこんだまま、あたりを見《み》まわす。

……時計《とけい》の針《はり》は、午前《ごぜん》10時《じ》ちょうど。

鬼《おに》ごっこはすでに、はじまっていた。

2

「な、なんだったのさ、いまの……」

真《ま》っ赤《か》に染《そ》まった液晶《えきしょう》モニタを見《み》つめて、悠《ゆう》が口《くち》もとをひきつらせた。

桜井悠《さくらいゆう》。

大翔《ひろと》とは、幼稚園《ようちえん》から小学校《しょうがっこう》の6年生《ねんせい》まで、ずっと一緒《いっしょ》の親友《しんゆう》だ。

性格《せいかく》はのんびり屋《や》で、運動《うんどう》はニガテ。怖《こわ》がりで、ホラー映画《えいが》なんかはまちがっても観《み》ない。大翔《ひろと》の背中《せなか》にかくれるようにしながら、おそるおそるモニタを見《み》つめている。

もう画面《がめん》には、馬男《うまおとこ》の姿《すがた》も子供《こども》の姿《すがた》もない。真《ま》っ赤《か》に染《そ》まったまま、ときおり波《なみ》のようなノイズがはいるだけだ。

「鬼《おに》ごっこのルール……。これって……」

にらむように画面《がめん》を見《み》つめていた葵《あおい》が、ようやく声《こえ》をだした。

宮原葵《みやはらあおい》。悠《ゆう》と同《おな》じく、幼《おさな》なじみだ。学年《がくねん》トップの秀才《しゅうさい》で、〝ガリ勉宮原《べんみやはら》〟って呼《よ》ばれてる。

かわいいって評判《ひょうばん》なんだけど、性格《せいかく》は勝《か》ち気《き》で男子《だんし》まさりだ。

「……なんだか、似《に》てない？　あのときに」

葵《あおい》の言葉《ことば》に、大翔《ひろと》と悠《ゆう》はごくりとつばをのんだ。

……大翔《ひろと》もちょうど、そう思《おも》っていたのだ。

バチンッ

音《おと》がひびき、３人《にん》はびくっとして天井《てんじょう》を見《み》あげた。

フロアをてらしていた照明《しょうめい》が、一斉《いっせい》にすべて消《き》えていた。

薄暗《うすくら》がりにつつまれたフロアのなかで、真《ま》っ赤《か》なモニタの光《ひかり》だけがうかびあがっている。

「やだ。停電《ていでん》かしら……？」

「あ、あれ、もう夕方《ゆうがた》……？」

窓《まど》からさしこむ太陽《たいよう》の光《ひかり》が弱々《よわよわ》しい。電気《でんき》がきれただけなのに、もう夕暮《ゆうぐ》れみたいな暗《くら》さになっている。

大翔《ひろと》は窓《まど》にかけ寄《よ》った。
窓《まど》のむこうにひろがっているのは、さっきまでの青空《あおぞら》じゃなかった。
一面《いちめん》に絵《え》の具《ぐ》をぶちまけたような朱《あか》。
そこに、にごった黒《くろ》で暗雲《あんうん》を描《えが》いて、太陽《たいよう》を半分《はんぶん》塗《ぬ》りつぶしたような空《そら》だ。
ショッピングモールの敷地《しきち》の外《そと》には、煙《けむり》のように濃《こ》い霧《きり》がもうもうとたちこめていた。
なにも見《み》えない。
周囲《しゅうい》の家《いえ》も、道路《どうろ》も。
「やっぱり、あのときと同《おな》じだ……」
大翔《ひろと》は、そういう自分《じぶん》の声《こえ》がふるえるのがわかった。
以前《いぜん》、大翔《ひろと》たちが巻《ま》きこまれた、事件《じけん》の日《ひ》の朝《あさ》と同《おな》じなのだ。
地獄《じごく》と化《か》した小学校《しょうがっこう》に閉《と》じこめられた、あの日《ひ》と。
『ぴんぽんぱんぽん。』

とつぜん、声《こえ》がひびきわたった。

『本日《ほんじつ》は、当《とう》ショッピングモールへおこしいただき、まことにありがとうございます。ご来店中《らいてんちゅう》のお客《きゃく》さまへお知《し》らせいたします。』

あちこちにある天井《てんじょう》スピーカーから流《なが》れはじめたのは、ショッピングモールの館内放送《かんないほうそう》だった。

ていねいな口調《くちょう》。

おちついた声音《こわね》。

……そして、それにぜんぜんふさわしくない内容《ないよう》を告《つ》げた。

『当《とう》ショッピングモールは、午前《ごぜん》10時《じ》をもちまして、地獄《じごく》の支配下《しはいか》となりました。みなさまには、ひきつづきご愛顧《あいこ》のほど、よろしくおねがい申《もう》しあげます。』

3人《にん》はたちつくした。

『ただいまより、リニューアルオープンを記念《きねん》して、〝鬼《おに》ごっこ〟をはじめさせていただきます。

すでに精鋭《せいえい》の鬼《おに》が1匹《ぴき》、みなさまを目指《めざ》してモール内《ない》の移動《いどう》を開始《かいし》しております。

すてきな鬼《おに》と追《お》いかけっこできるこのチャンス。

どなたさまも、ふるってご参加《さんか》くださいませ。』

グオオオオオオオオオオオオオォォォォォォォォォッ!!

ビリビリと空気《くうき》をふるわすおたけび。

人間《にんげん》のものじゃないいくつもの声《こえ》が、スピーカーのむこうからひびきわたってきた。

HIRO
HAPPY
39

しばらく、3人《にん》は放心《ほうしん》していた。

鬼《おに》たちの発《はっ》したおたけびに、すくみあがっていた。

「……に、逃《に》げなきゃ……」

カラカラに乾《かわ》いた舌《した》を動《うご》かして、大翔《ひろと》はなんとか声《こえ》をだした。

「いますぐ、ここから逃《に》げださなきゃ……。でなきゃ、また閉《と》じこめられちまう……」

悠《ゆう》と葵《あおい》は、ぶんぶんとうなずいた。

いそいでエレベーターまでとってかえし、▽のボタンを押《お》した。

……反応《はんのう》がない。

スイッチが光《ひか》らないのだ。

カチッカチッ――何度《なんど》も押《お》すが、変《か》わらない。

「こっちもだめだわ」

「こっちも！」

エレベーターは電源《でんげん》がきれていた。3基《き》のどれもボタンが反応《はんのう》しない。

「エスカレーターへ！」

エスカレーターは、フロアの中央《ちゅうおう》をつらぬくように、上《のぼ》りと下《くだ》りが一《ひと》つずつ設置《せっち》されている。3人《にん》は走《はし》った。

「あれ、あれ……。なんで2つとも上《のぼ》りになってるの!?」

エスカレーターは、なぜか両方《りょうほう》とも下《した》から上《うえ》へ流《なが》れていた。

黄色《きいろ》い線《せん》のついたステップが、大翔《ひろと》たちのほうにむかって、ぐるぐるといきおいよく流《なが》れこんでくる。

「かまわない。おりよう!」

足《あし》をかけようとしたとたん、グンと速度《そくど》を増《ま》した。

「うわぁっ!」

まったく進《すす》めない。踏《ふ》みだした先《さき》から押《お》しもどされてしまう。

「こ、これじゃおりられないよ……」

「階段《かいだん》を使《つか》うぞ――」

ガガガガガ……

うしろから、音《おと》がひびいてきた。

ふりかえると、フロアのはしの天井《てんじょう》から、ぶあついシャッターがおりてくるところだった。

火事《かじ》のときに火《ひ》がひろがるのを防《ふせ》ぐための、防火《ぼうか》シャッターだ。

ガシャーン！

見《み》る間《ま》に床《ゆか》までおりきって、道《みち》を閉《と》ざした。

「あっち……階段《かいだん》のあった通路《つうろ》だわ！」

ガガガガガ……

こんどはフロアの逆側《ぎゃくがわ》のはしから、同《おな》じような音《おと》がひびいてきた。

あっちには――もう一《ひと》つの階段《かいだん》がある！

「やばい！　走《はし》れ！」

3人《にん》ははじけるように走《はし》りはじめた。

さいわい、こっちのシャッターがおりる速度《そくど》はおそかった。

のろのろと、少《すこ》しずつしか進《すす》まない。

間《ま》にあいそうだ――

大翔《ひろと》は一直線《いっちょくせん》にシャッターの下《した》へ飛《と》びこもうとした。

「――あぶないヒロトっ！」

ぐいっ。

悠《ゆう》に力《ちから》いっぱいすそをひっぱられて、大翔《ひろと》はバランスを崩《くず》してたおれた。


――ガシャーン！

鼻先《はなさき》を、銀色《ぎんいろ》に光《ひか》るものがかすめた。

……刃《は》だった。特大《とくだい》の。

なにかの本《ほん》で見《み》たことがある。何百年《なんびゃくねん》も昔《むかし》に、西洋《せいよう》の斬首刑《ざんしゅけい》に使《つか》われていたという、ギロチン台《だい》。

巨大《きょだい》なギロチンの刃《は》がシャッターの代《か》わりにおちてきて、床《ゆか》にざっくりと突《つ》きたっている。

ひりひりとした痛《いた》みを感《かん》じて手《て》をあてると、鼻《はな》の皮《かわ》がすりむけて、血《ち》がにじんでいた。

あと、ほんの10センチずれていたら……。

シャッターの音《おと》が止《と》まると、フロアはまた、しん、としずまりかえった。窓《まど》からさしこむ赤《あか》い陽《ひ》が、フロアのなかに3人《にん》の影《かげ》をおとす。

大翔《ひろと》は、へなへなと床《ゆか》に座《すわ》りこんだ。

これで、逃《に》げ道《みち》はふさがれた。

どうして、またこんなことに……。

『やあ、こんにちは。はじめまして。地獄《じごく》ショッピングモールへようこそ。』

声《こえ》がひびきわたった。

3

『はじめまして、みんな。とつぜんだけど、地獄《じごく》っていったいなんなのか知《し》ってる？』

天井《てんじょう》スピーカーから流《なが》れてきたのは、さっきの放送《ほうそう》の音声《おんせい》とはちがう声《こえ》だった。子供《こども》の……男《おとこ》の子《こ》の声《こえ》だ。たぶん大翔《ひろと》たちとそう変《か》わらない歳《とし》。

あぜんとした3人《にん》をよそに、しゃべりつづける。

『地獄《じごく》っていうのはね、罪《つみ》を持《も》った人間《にんげん》が死後《しご》に送《おく》られて、ムゴイムゴイ罰《ばつ》を受《う》ける世界《せかい》のことなんだ。いろんな鬼《おに》やゴーモン方法《ほうほう》で、おちた人間《にんげん》を苦《くる》しめる。

たとえば、するどい刃《は》で殺《ころ》しあいをさせられる等活地獄《とうかつじごく》。

焼《や》けたノコギリで体《からだ》をきられる黒縄地獄《こくじょうじごく》。
鉄串《てつぐし》に刺《さ》されて炎《ほのお》で焼《や》かれる焦熱地獄《しょうねつじごく》。
いわば、人間《にんげん》を苦《くる》しめるっていう、ただそのためだけにつくられた空間《くうかん》……それが地獄《じごく》なんだ。』

声《こえ》はなんだか楽《たの》しげだ。お気《き》にいりのオモチャでも紹介《しょうかい》するみたいなしゃべりかただった。

3人《にん》は顔《かお》を見《み》あわせた。

なんなんだ、こいつ……。

『でもさでもさ、そんな地獄《じごく》、もう古《ふる》くさいよね。
だって大昔《おおむかし》と変《か》わらないんだよ。何千年《なんぜんねん》も同《おな》じことやってちゃ、鬼《おに》も人間《にんげん》もあきあきさ。
……それでつくったのが、この〝ショッピングモール地獄《じごく》〟というわけなんだ。』

声《こえ》は得意《とくい》そうにつづけた。

『この地獄《じごく》に、きみたちを招待《しょうたい》したくてたまらなかったんだ。大場大翔《おおばひろと》。桜井悠《さくらいゆう》。宮原葵《みやはらあおい》。』

3人《にん》はびくっとして、周囲《しゅうい》を見《み》まわした。

『だってボク、感動《かんどう》したんだ。きみらの持《も》ってる、友情《ゆうじょう》と勇気《ゆうき》に。まさかあの小学校地獄《しょうがっこうじごく》から逃《に》げられてしまうとは思《おも》わなかった。自信作《じしんさく》だったのに。』

せっかく地獄《じごく》をつくってもね。たいていみんな、ぼろぼろ泣《な》いたまま、鬼《おに》に食《く》われちゃうだけなんだよね。つまんないよ。

声《こえ》は不満《ふまん》そうにつづけた。

『そんな子《こ》たちと遊《あそ》んでもつまらないじゃない？　地獄《じごく》クリエーターとしての、ボクの腕《うで》が鳴《な》らない。

そこへいくと、きみたちには見《み》どころがあるよ。

ほんとなら、ギロチンで1人《ひとり》くらい死《し》んじゃうと思《おも》ってたんだけどなー。カンいいなー。』


くやしげな声《こえ》をだした。


『そうそう、きみらの前《まえ》に遊《あそ》んでた子《こ》が、チケットカウンターのかげにかくれているよ。1人《ひとり》でさびしいと思《おも》うから、よければあいさつしてあげてね。

それじゃあ、ボクのつくった地獄《じごく》を、ぜひ楽《たの》しんでいって。少《すこ》しむずかしくしたから、きみらが逃《に》げきれるかわかんないけど。ま、死《し》んじゃったらまた地獄《じごく》で会《あ》おうね。

じゃあね、大翔《ひろと》、悠《ゆう》、葵《あおい》。

バイバーイ。』

ブツッと放送《ほうそう》はきれた。

糸《いと》にひかれるように、大翔《ひろと》はたちあがった。

無言《むごん》のまま、チケットカウンターをにらみつける。

なかへはいってかがみこみ、奥《おく》をのぞきこんだ。

「…………」

そこには……ガイコツがあった。

白骨化《はっこつか》した骨《ほね》だ。大《おお》きさからいって、大翔《ひろと》たちと同《おな》じくらいの歳《とし》だろう。

おちくぼんだ目《め》の穴《あな》。必死《ひっし》に助《たす》けを求《もと》めるように、右腕《みぎうで》をのばした姿勢《しせい》のまま死《し》んでいる。

わきにはカビの生《は》えたランドセルと、たて笛《ぶえ》がころがっていた。

「うくっ……」

目《め》のはしに涙《なみだ》がにじんできた。

のどの奥《おく》から泣《な》き声《ごえ》がもれそうになる。

ガイコツの目《め》の暗《くら》く深《ふか》い穴《あな》が、大翔《ひろと》にむかって呼《よ》びかける。——ほら、おまえもすぐにこうなるぞ。閉《と》じこめられた地獄《じごく》からでられず、鬼《おに》に食《く》われて死《し》んじまうんだ。

「ヒロト……」

「大翔《ひろと》……」

ふりむくと、悠《ゆう》と葵《あおい》がたっていた。

青《あお》い顔《かお》をして泣《な》きかけている。

悠《ゆう》はくしゃっと顔《かお》をゆがめて、葵《あおい》は表情《ひょうじょう》をなくして。

大翔《ひろと》の服《ふく》のすそを、ぎゅっとにぎりしめる。

それで大翔《ひろと》は、われに返《かえ》った。

まだだ。小学校《しょうがっこう》に閉《と》じこめられたときだって、生《い》きてかえってこられたじゃないか。

絶望《ぜつぼう》するにはまだはやい。

だって、おれには、友達《ともだち》がついてるんだ。

大翔《ひろと》が手《て》をつかんでぎゅっとにぎりしめると、2人《ふたり》ははっとして泣《な》くのをやめた。気持《きも》ちが伝《つた》わったように、うなずいた。

地獄《じごく》ショッピングモールだかなんだか知《し》らないが、負《ま》けるもんか。

みんなで生《い》きてかえるんだ。

『ぴんぽんぱんぽん。

ご来店中《らいてんちゅう》のお客《きゃく》さまに、迷子《まいご》のお知《し》らせをいたします。』

また館内放送《かんないほうそう》が流《なが》れてきた。

迷子《まいご》のお知《し》らせ……？

かさねた手《て》をはなすと、3人《にん》は顔《かお》を見《み》あわせた。

『大場《おおば》結衣《ゆい》ちゃんのおつれさま。

大場《おおば》結衣《ゆい》ちゃんのおつれさま。

結衣《ゆい》ちゃんが、おつれさまをさがしてお待《ま》ちでございます。至急《しきゅう》、お迎《むか》えにおこしください。

おつれさまがお迎《むか》えにいらっしゃらない場合《ばあい》、結衣《ゆい》ちゃんは鬼《おに》たち一同《いちどう》で、おいしくいただきます。ぴんぽんぱんぽーん。』

おにーちゃぁあ――んっ

泣《な》き声《ごえ》がひびいて……放送《ほうそう》はとぎれた。

2 鬼《おに》ごっこ／5階《かい》アミューズメントフロア

大翔《ひろと》は頭《あたま》が真《ま》っ白《しろ》になった。

いまのは、結衣《ゆい》の声《こえ》だった。聞《き》きなれた、妹《いもうと》の泣《な》き声《ごえ》。

どうして、結衣《ゆい》が……。

「考《かんが》えるのはあとよ。――なにかくる」

葵《あおい》がこわばった声《こえ》をだし、エレベーターのランプをにらみつけた。

見《み》ると、エレベーターの1基《き》のランプが点《つ》いて、B《ビー》1からぐんぐんと上《うえ》へ昇《のぼ》ってきている。

「鬼《おに》がでるか蛇《じゃ》がでるか、ね。ロクな予感《よかん》しないけど」

ひらきなおったように、葵《あおい》がいった。さっきまで放心《ほうしん》してたのがウソみたいに、おちついている。さすが葵《あおい》だ。

「お、オニとヘビしかいないのかな？　もっとこう、カワイイのでてこないかな……」

悠《ゆう》も、怖《こわ》がってはいるけど、いつもどおりだ。

大翔《ひろと》はふうっと息《いき》を吐《つ》いた。そうだ。いまはまず、このフロアから抜《ぬ》けだすことを考《かんが》えなくちゃ。いまの放送《ほうそう》だって、敵《てき》のトラップかもしれないのだ。録音《ろくおん》しておいた結衣《ゆい》の声《こえ》を流《なが》しただけかもしれない。

――ピンポン

音《おと》とともに、エレベーターのドアがのろのろとひらいた。

なかにたっていたのは、〝警備員《けいびいん》〟だった。

紺色《こんいろ》の制服《せいふく》に、エンジ色《いろ》のネクタイ。

制服《せいふく》はアイロンがかかってピシッとしていて、胸《むね》と肩《かた》にはワッペンがついている。

ただし頭《あたま》は……どう見《み》ても人間《にんげん》じゃなかった。

「お、オニでもヘビでもなかったね……」

馬《うま》だった。

ふさふさとしたたてがみに、ちょこんとのっかった制帽《せいぼう》。

赤《あか》いガラス球《だま》みたいな瞳《ひとみ》が、顔《かお》の両側《りょうがわ》にはなれてついている。

「いいえ、れっきとした鬼《おに》よ」

額《ひたい》から生《は》えた一本角《いっぽんづの》を見《み》ながら、葵《あおい》がいった。

「馬頭《ばず》の鬼《おに》……馬頭鬼《ばずき》ってやつね。地獄《じごく》の獄卒《ごくそつ》の一《ひと》つよ。亡者《もうじゃ》たちを責《せ》め苛《さいな》んで、残酷《ざんこく》な拷問《ごうもん》にかけるといわれてるわ」

うしろへ1歩《ぽ》あとずさりながら、解説《かいせつ》する。

「そ、そんなことといって。じ、じつはいい鬼《おに》の可能性《かのうせい》も、あったりしない……？」

うしろへ2歩《ほ》さがりながら、悠《ゆう》がいう。

「ゲームだと、たいてい、悪《わる》いヤツらのなかにも一匹《いっぴき》くらい、いいヤツがいるもんなんだ。ほら、残酷《ざんこく》な鬼《おに》が、楽《たの》しくショッピングなんて、しないでしょ？」

馬頭鬼《ばずき》の足下《あしもと》を指《ゆび》さした。

〝どんなものでもそろう！〟がキャッチフレーズの桜ケ島《さくらがじま》ショッピングモールでは、モールのロゴのはいった、店舗共通《てんぽきょうつう》の買《か》い物袋《ものぶくろ》がある。

馬頭鬼《ばずき》の足下《あしもと》には、下《した》のフロアでショッピングでもしてきたみたいに、その紙袋《かみぶくろ》がおかれている。つめこまれているようでパンパンになっているが、なにがはいっているのかは見《み》えない。

「ああ見《み》えて、きっと、いい鬼《おに》なんだと思《おも》うな、ぼくは」

うんうん、と1人《ひとり》うなずく悠《ゆう》。

「ショッピングが趣味《しゅみ》の陽気《ようき》な鬼《おに》なんだ。きっと、買《か》い物中《ものちゅう》にぼくらのピンチを知《し》って、さっそうと助《たす》けに——」

——バタン

紙袋《かみぶくろ》が床《ゆか》にたおれた。

ゴロゴロゴロ…………

なかにはいっていた品物《しなもの》が、床《ゆか》にころがった。

——オノ。
——ナタ。
——ノコギリ。
——草刈《くさか》り鎌《がま》。
——出刃包丁《でばぼうちょう》。

「……日曜大工《にちようだいく》が趣味《しゅみ》……とかじゃないよね、やっぱり……」
悠《ゆう》は半泣《はんな》きでもう1歩《ぽ》さがった。
葵《あおい》はさらにそれより1歩《ぽ》さがる。
悠《ゆう》はさらに1歩《ぽ》さがる。
どんどんうしろへさがっていく2人《ふたり》を背《せ》に、大翔《ひろと》はぐっと腰《こし》をおとした。
馬頭鬼《ばずき》は、ひょいと紙袋《かみぶくろ》を持《も》ちあげると、ごそごそとなかをさぐった。
とりだしたのは、細長《ほそなが》い〝木《き》の棒《ぼう》〟だった。
レシートみたいな紙片《しへん》がくくりつけられていて、『地獄《じごく》ショッピングモール・ハンティング用品店《ようひんてん》』と書《か》かれている。

【商品《しょうひん》No《ナンバー》．10　〝木《き》の棒《ぼう》〟。
かるくてこわれやすい、ただの木《き》の棒《ぼう》。ハンティング初心者《しょしんしゃ》はまずこちらから。
威力《いりょく》・極低《きょくてい》】

右手《みぎて》に木《き》の棒《ぼう》。左手《ひだりて》に紙袋《かみぶくろ》。
馬頭鬼《ばずき》はぐいっと頭《あたま》をそらすと、高《たか》らかに一《ひと》ついななきをあげた。

ヒヒイイイイイイイイイイッッッン!!

ブルルッと顔《かお》をもどし、３人《にん》を見《み》た。
ゆがんだ馬面《うまづら》の口《くち》もとから、大粒《おおつぶ》のよだれがぼたぼたと床《ゆか》に垂《た》れおちていく。

商品No.10 木の棒
地獄ショッピングモール
ハンティング用
どんなものでもそろう!
桜ヶ島ショッピングモール

『ぴんぽんぱんぽん。

ご来店《らいてん》のお客《きゃく》さまにお知《し》らせいたします。

当《とう》ショッピングモールの警備員《けいびいん》は、たいへん食欲旺盛《しょくよくおうせい》となっており、保護《ほご》したお客《きゃく》さまを食《た》べてしまうことがございます。

ご了承《りょうしょう》のほど、おねがいいたします。ぴんぽんぱんぽーん。』


「――そんな警備員《けいびいん》はいますぐクビにしてようううっ！」

「逃《に》げろ！　かくれるんだ！」

大翔《ひろと》がさけぶと同時《どうじ》に、悠《ゆう》と葵《あおい》がかけだした。

大翔《ひろと》も全速力《ぜんそくりょく》で走《はし》りだした。

一直線《いっちょくせん》にフロアを横切《よこぎ》る。

馬頭鬼《ばずき》は、背《せ》をむけて逃《に》げていく3人《にん》を、ただながめていた。

やがて、ゆっくりと腰《こし》をおとした。

木《き》の棒《ぼう》と紙袋《かみぶくろ》を持《も》ったまま、床《ゆか》に両手両《りょうてりょう》ひざをつく。

そして、陸上《りくじょう》のクラウチングスタートみたいに、片《かた》ひざを持《も》ちあげた。

用意《ようい》。

どん。

――ビュウウッ
大翔《ひろと》の耳《みみ》もとで、風《かぜ》がうなった。

走《はし》る大翔《ひろと》のななめうしろを、馬頭鬼《ばずき》が追《お》いかけてくるのだ。

きれいなフォーム。サラブレッドだ。

あっという間《ま》に横《よこ》にならばれ、追《お》い抜《ぬ》かれる。章吾《しょうご》にだってここまできれいに抜《ぬ》かれないのに。

「――悠《ゆう》！　うしろっ！」

馬頭鬼《ばずき》は大翔《ひろと》を抜《ぬ》いても止《と》まらない。先《さき》を走《はし》っていた悠《ゆう》を追《お》い越《こ》し、ブレーキをかけて、さらに数《すう》メートルかけて止《と》まった。

悠《ゆう》へむけて、木《き》の棒《ぼう》をふりかざす。

「わ――わあぁぁぁぁあっっ」

あわてた悠《ゆう》が、足《あし》をもつれさせてコケた。悠《ゆう》は学年一《がくねんいち》の運動音痴《うんどうおんち》なのだ。

その頭上《ずじょう》を、ひゅんっ、と風《かぜ》をきって木《き》の棒《ぼう》が横切《よこぎ》る。

いきおいそのまま、馬頭鬼《ばずき》の手《て》をはなれて、カランカランと床《ゆか》をころがった。

「あわわわわ……。さ、さすが馬《うま》だね。足《あし》、速《はや》すぎだよ……。競馬《けいば》とかでなよ……」

床《ゆか》に手《て》をついたまま、悠《ゆう》は涙目《なみだめ》で馬頭鬼《ばずき》を見《み》あげている。腰《こし》が抜《ぬ》けたのか、たてずにいる。

馬頭鬼《ばずき》は悠《ゆう》を見《み》おろすと、紙袋《かみぶくろ》にがさごそと手《て》をつっこんだ。

とりだしたのは、こんどは弓《ゆみ》と矢筒《やづつ》だった。

また紙片《しへん》がくくりつけられている。


【商品《しょうひん》No《ナンバー》．９　〝弓矢《ゆみや》〟。

原始時代《げんしじだい》からある、由緒正《ゆいしょただ》しい飛《と》び道具《どうぐ》。はなれた獲物《えもの》を狩《か》りたくなったらこちら。

威力《いりょく》・低《てい》】

馬頭鬼《ばずき》は矢筒《やづつ》から矢《や》を1本《ぽん》抜《ぬ》きとると、弓《ゆみ》につがえ、悠《ゆう》の胸《むね》に狙《ねら》いを定《さだ》めた。

「やめてようぅっ……！」

「おい、鬼《おに》！　こっちだ！」

大翔《ひろと》は床《ゆか》にころがった木《き》の棒《ぼう》に飛《と》びついた。

「――だあぁあっ！」

一直線《いっちょくせん》に飛《と》びかかり、馬頭鬼《ばずき》の手《て》の甲《こう》に、力《ちから》いっぱい打《う》ちつける。

放《はな》たれた矢《や》は悠《ゆう》をはずれて、あさっての方向《ほうこう》へ飛《と》んでいった。

パズルゲームの画面《がめん》に突《つ》き刺《さ》さる。バチバチッ、と、火花《ひばな》が散《ち》る。

「悠《ゆう》、逃《に》げろっ！」

「ありがとヒロトぉっっ！」

悠《ゆう》が這《は》うように逃《に》げていく。

大翔《ひろと》も手近《てぢか》なクレーンゲームのかげにころがりこんだ。

ガスガスガスッと頭上《ずじょう》で矢《や》がゲーム機《き》に突《つ》き刺《さ》さる。ガラスの破片《はへん》が飛《と》び散《ち》って、大翔《ひろと》は頭《あたま》をかかえて床《ゆか》にふせた。ゲーム機《き》がゆれ、ころころとぬいぐるみがおちてくる。

しばらくすると、馬頭鬼《ばずき》は弓《ゆみ》をほうり捨《す》てた。矢《や》がきれたらしい。

大翔《ひろと》は様子《ようす》をうかがった。

葵《あおい》は映画館《えいがかん》ロビーのソファのかげに、悠《ゆう》はお菓子《かし》おとしゲームのかげにかくれて、不安《ふあん》そうにこちらを見《み》ている。

（ど、どうする……？）

【商品《しょうひん》Ｎｏ《ナンバー》．８　〝石斧《いしおの》〟。威力《いりょく》が気《き》になってきたあなたにはこちら。パワーで獲物《えもの》も一撃必殺《いちげきひっさつ》だ。威力《いりょく》・中《ちゅう》】

でかい石《いし》のついた斧《おの》を袋《ふくろ》からとりだし、馬頭鬼《ばずき》がカツカツと歩《ある》きはじめる。

大翔《ひろと》は考《かんが》えをめぐらせた。

脱出《だっしゅつ》ルートは、馬頭鬼《ばずき》が乗《の》ってきたエレベーターだけだ。３基《き》あるうちの中央《ちゅうおう》の箱《はこ》だけ、電源《でんげん》が生《い》きかえっている。

けど、いま飛《と》びだしたところで、すぐに追《お》いつかれる。それに、エレベーターまで逃《に》げきれたとしても、ドアが閉《し》まりきるのに何秒《なんびょう》かかかる。そのあいだに追《お》いつかれればアウトだ。

なんとか、馬頭鬼《ばずき》を遠《とお》くへひきはなしてこなきゃ。

（……2人《ふたり》はエレベーターに乗《の》って準備《じゅんび》してて。おれがひきはなしてくる）

目《め》で作戦《さくせん》を伝《つた》えると、悠《ゆう》と葵《あおい》はごくりとつばをのんでうなずいた。

大翔《ひろと》はふうっと一《ひと》つ深呼吸《しんこきゅう》すると、床《ゆか》にころがったぬいぐるみをひろいあげた。

ころがすように、投《な》げる。

――トンッ、トンッ、トン……

物音《ものおと》に馬頭鬼《ばずき》がふりかえった。

のしのしとメダルゲーム機《き》のほうへ歩《ある》いていくと、石斧《いしおの》をたたきつけた。

ガラスが粉々《こなごな》にくだけ散《ち》った。機械《きかい》がこわれ、メダルが滝《たき》のようにあふれだす。

――トンッ、トンッ……

――トンッ、トンッ、トン……

あちこちからひびくぬいぐるみのころがる音《おと》に、馬頭鬼《ばずき》は迷《まよ》うように首《くび》をめぐらしている。

いまだ。大翔《ひろと》はぬいぐるみを投《な》げるのをやめると、一目散《いちもくさん》に走《はし》りだした。馬頭鬼《ばずき》をエレベーターからひきはなす。映画館《えいがかん》の入場口《にゅうじょうぐち》のなかへかけこんでいった。

馬頭鬼《ばずき》は、にっ、と歯《は》をむいて笑《わら》った。

あわてない。ゆっくり歩《ある》いて、大翔《ひろと》のあとを追《お》っていく。

映画館内《えいがかんない》の廊下《ろうか》の左右《さゆう》には、1番《ばん》シアターから7番《ばん》シアターまで、ずらりと入《い》り口《ぐち》がならんでいる。

どれかの部屋《へや》のなかにかくれたのか、大翔《ひろと》の姿《すがた》は見《み》あたらない。

馬頭鬼《ばずき》は、紙袋《かみぶくろ》に手《て》をつっこんだ。

【商品《しょうひん》No《ナンバー》.7 〝タブレット〟。情報化社会《じょうほうかしゃかい》の必需品《ひつじゅひん》。狩《か》りをするなら、地図《ちず》アプリが便利《べんり》。情報収集力《じょうほうしゅうしゅうりょく》・大《だい》】

馬頭鬼《ばずき》はタブレットの画面《がめん》を見《み》おろしながら、歩《ある》きはじめた。

1番《ばん》シアターの前《まえ》をとおりすぎ、2番《ばん》シアター前《まえ》も素通《すどお》りする。3番《ばん》、4番《ばん》、5番《ばん》、無《む》視《し》。

……6番《ばん》シアターの前《まえ》でたちどまった。

迷《まよ》いのない足《あし》どりでなかへはいった。

シアター後方《こうほう》、左《ひだり》すみの座席《ざせき》へむけて、一直線《いっちょくせん》に歩《ある》いていく。

「——うう。なんでわかるんだよ……っ!?」

大翔《ひろと》はたまらず、かくれていた座席《ざせき》のかげから飛《と》びだした。

タブレットの画面《がめん》には、アミューズメントエリアの見取《みと》り図《ず》が表示《ひょうじ》され、6番《ばん》シアターのなかに子供《こども》のアイコンがくっきりと表示《ひょうじ》されている。

【商品《しょうひん》No.《ナンバー》6 〝日本刀《にほんとう》〟。
由緒《ゆいしょ》正《ただ》しき、サムライの武器《ぶき》。和《わ》の心《こころ》を持《も》つかたにおすすめでござる。威力《いりょく》・中《ちゅう》】

馬頭鬼《ばずき》は紙袋《かみぶくろ》から、長《なが》い刀《かたな》をするするととりだした。

バサッとふりおろした。

座席《ざせき》のシートが3つまとめて斬《き》れた。体《からだ》を投《な》げだした大翔《ひろと》のわきに、ゴトリところがる。

さらに一閃《いっせん》。

大翔《ひろと》は木《き》の棒《ぼう》で防《ふせ》ごうとして、あっさりはじき飛《と》ばされた。段差《だんさ》につまずき、シアターの床《ゆか》にうつぶせにたおれる。

たちあがろうとすると、左足首《ひだりあしくび》に、電流《でんりゅう》みたいな痛《いた》みが走《はし》った。

日本刀《にほんとう》は座席《ざせき》に食《く》いこみ、抜《ぬ》けなくなった。

馬頭鬼《ばずき》はあわてず、たおれた大翔《ひろと》を見《み》おろし、ニヤニヤと口《くち》もとをゆがめた。

「くそお……」

紙袋《かみぶくろ》に手《て》をつっこむと、ごそごそさぐって中身《なかみ》をとりだした。

とりだしたのは、小指《こゆび》ほどの長《なが》さの棒《ぼう》。


【スカ。〝マッチ棒《ぼう》〟。

ほそくて折《お》れやすい、ただのマッチ棒《ぼう》。

火《ひ》はつけられるけど、武器《ぶき》としてはちょっと…。着火力《ちゃっかりょく》・中《ちゅう》】

馬頭鬼《ばずき》は怒《おこ》ったように、ブルルッ！　と鼻息《はないき》をもらした。

警備服《けいびふく》の胸《むね》ポケットに乱暴《らんぼう》にマッチ棒《ぼう》を押《お》しこむと、また紙袋《かみぶくろ》に手《て》をつっこんだ。


【スカ。〝アイスのハズレ棒《ぼう》〟。

クジつきアイスで、ハズレちゃった棒《ぼう》。ざんねん。

アタリがでたらもう1本《ぽん》だったのに。がっかり度《ど》・大《だい》】

馬頭鬼《ばずき》は額《ひたい》に青筋《あおすじ》たてて、アイスの棒《ぼう》をへし折《お》った。力《ちから》まかせにほうりなげる。

「へっ……。ば、ばーかっ」

そのすきに、大翔《ひろと》はたちあがり、走《はし》りはじめた。

シアターを飛《と》びだして、廊下《ろうか》を全速力《ぜんそくりょく》で走《はし》ってもどる。２人《ふたり》の援護《えんご》にかけるしかない。

「大翔《ひろと》、こっち！」

入場口《にゅうじょうぐち》をでると、フロアのずっとむこう、エレベーターの箱《はこ》のなかから悠《ゆう》と葵《あおい》がさけんでいた。
――ギュルルルルルルルルルルル
うしろで、でかい音《おと》がひびいた。

【商品《しょうひん》Ｎｏ《ナンバー》．５　〝チェーンソー〟。
ホラー映画《えいが》でおなじみ。血《ち》みどろなハンティングにおすすめ。威力《いりょく》・大《だい》】

チェーンソーをかまえ、馬頭鬼《ばずき》が追《お》いかけてくる。

50メートル、40メートル、30メートル……みるみる距離《きょり》をつめられていく。

速《はや》すぎる。

「――ふせて！」

悠《ゆう》が、かまえていた弓矢《ゆみや》を放《はな》った。馬頭鬼《ばずき》が捨《す》てたのをひろったやつだ。

ヒュン——
矢《や》は姿勢《しせい》を低《ひく》くした大翔《ひろと》の頭《あたま》の上《うえ》を越《こ》えて——馬頭鬼《ばずき》の胸《むな》もとへ突《つ》きたった。
馬頭鬼《ばずき》が苦《くる》しげにいなないた。
チェーンソーをとりおとす。
大翔《ひろと》はエレベーターのなかへころがりこんだ。
タイミングをあわせて、葵《あおい》が【閉《とじる》】のボタンを押《お》している。
ピンポン、と音《おと》が鳴《な》り、亀《かめ》のようにゆっくりとドアが閉《し》まりはじめる。
馬頭鬼《ばずき》がチェーンソーをひろいあげた。
走《はし》ってくる。
3人《にん》が乗《の》ったエレベーターの箱《はこ》へ。
みるみる、近《ちか》づき——
——その鼻先《はなさき》で、ドアが閉《し》まった。

ドンッとドアに衝撃《しょうげき》が走《はし》った。
ガリガリガリガリッ
音《おと》と火花《ひばな》が散《ち》った。馬頭鬼《ばずき》がチェーンソーの刃《は》をドアに突《つ》きたてているのだ。
大翔《ひろと》たちは息《いき》をつめた。万《まん》が一《いち》、またドアがひらいてしまったら終《お》わりだ。
ガリガリ、ガリガリ……馬頭鬼《ばずき》はしつこくチェーンソーをまわしつづける。
……気《き》が遠《とお》くなるような長《なが》い時間《じかん》のあと。
エレベーターは、ゆっくりと下降《かこう》をはじめた。
チェーンソーの音《おと》が小《ちい》さくなっていき……聞《き》こえなくなった。

「……5までですんで、よかったね」

座《すわ》りこんで息《いき》を荒《あら》らげる大翔《ひろと》の横《よこ》で、悠《ゆう》がつぶやいた。

「ほっといたら、もっとひどい商品《しょうひん》がでてきてたよ、あれ。あんなもの、ショッピングモールで売《う》っちゃだめだよ……」

「世《よ》の中《なか》が便利《べんり》になって、ほしい物《もの》がすぐ手《て》にはいるのは、いいことなんだけど」

壁《かべ》に寄《よ》りかかり、腕《うで》を組《く》んで、考《かんが》えぶかげに、葵《あおい》。

大翔《ひろと》が見《み》あげると、まじめな顔《かお》でうなずきかけた。

「あんまりなんでもそろう社会《しゃかい》というのも、考《かんが》えものだと思《おも》ったわ」

……社会見学《しゃかいけんがく》の感想文《かんそうぶん》だったら、いい点《てん》もらえたかもしれない。

3 クイズ大会《たいかい》／エレベーター

1

「ぼく、弓《ゆみ》の才能《さいのう》、あるのかなぁ……」

エレベーターは、のろのろと下《した》へおりていく。

桜ケ島《さくらがじま》ショッピングモールのエレベーターは、ガラスばりになっている。ふだんなら、1階《かい》の広場《ひろば》やベンチ、周囲《しゅうい》の家《いえ》の屋根《やね》が見《み》おろせて、見晴《みは》らしがいい。いまは霧《きり》に閉《と》ざされて、なにも見《み》えなくなっている。

大翔《ひろと》はエレベーターの床《ゆか》に座《すわ》りこんで、左足首《ひだりあしくび》をさすっていた。たおれたときにひねったようで、熱《ねつ》をもって痛《いた》む。

「やっぱりDS《ディーエス》のハンティングゲームのおかげかな。毎日《まいにち》、弓《ゆみ》でモンスターを退治《たいじ》してるからね、ぼく」

弓《ゆみ》と矢筒《やづつ》を手《て》のなかでころがしながら、悠《ゆう》は得意《とくい》そうに胸《むね》をはる。

「自分《じぶん》でも知《し》らないあいだに、弓《ゆみ》の名手《めいしゅ》になってたのかも！　お母《かあ》さんにしかられても、毎日《まいにち》ゲームをつづけたかいがあったよ……。ぼくは正《ただ》しかった……！」

「……さて。5階《かい》からでられたのはいいとして、問題《もんだい》は結衣《ゆい》ちゃんのことね……」

なにやら自己主張《じこしゅちょう》する悠《ゆう》をスルーして、葵《あおい》がいった。

大翔《ひろと》はうなずいた。

「本当《ほんとう》にここにいるのか、わからないけど。結衣《ゆい》が1人《ひとり》でこれる距離《きょり》じゃない」

「小《ちい》さいもんね、結衣《ゆい》ちゃん。まだバスにも乗《の》れないでしょう」

「でも、本当《ほんとう》にモール内《ない》にいるなら大変《たいへん》だよ。さがすにも、ぼくらだけじゃひろすぎるから……」

南北《なんぼく》にのびた桜《さくら》ヶ島《がじま》ショッピングモール内《ない》には、数百《すうひゃく》というテナントがひしめいている。

もし本当《ほんとう》に結衣《ゆい》がここにいるなら、広大《こうだい》なショッピングモールのなかを、どうやってさがしたらいい？

せめて、もう少《すこ》し人手《ひとで》と機動力《きどうりょく》があれば……。

――ガクン

……とつぜん、エレベーターが動《うご》きを止《と》めた。

階数表示《かいすうひょうじ》が４のまま、ぴくりとも動《うご》かなくなる。

「あれ……？　なんで？　１階《かい》、押《お》してあるのに」

悠《ゆう》はあわてた様子《ようす》で、ドアへかけ寄《よ》った。

エレベータードアの両側《りょうがわ》には、行《い》き先階《さきかい》の選択《せんたく》ボタンがならんでいる。丸《まる》ボタンで、

【５】【４】【３】【２】【１】【B《ビー》１】【開《ひらく》】【閉《とじる》】【📞】（非常用《ひじょうよう》）。

いま光《ひか》っているのは、【１】のボタンだけだ。

エレベーターのドアは、固《かた》く閉《と》ざされたままひらかない。

「ま、また故障《こしょう》……？　どうしよう。いそいでるのに」
悠《ゆう》はカチカチと【開《ひらく》】のボタンを連打《れんだ》している。

『クイズの時間《じかん》です。』

また声《こえ》がひびきわたった。こんどは、エレベーターの案内音声《あんないおんせい》だ。
なんなんだ、このにぎやかなショッピングモール。
スピーカーの穴《あな》から、ぺらぺらとしゃべる声《こえ》が聞《き》こえてくる。

『問題《もんだい》です。
悠《ゆう》くんはお使《つか》いをたのまれて、５００円《えん》を持《も》ってでかけました。
品物《しなもの》は３００円《えん》でしたが、途中《とちゅう》で４００円《えん》おとしてしまいました。
たりなかった金額《きんがく》は、何百円《なんびゃくえん》ですか？　おこたえください。』

葵《あおい》は即座《そくざ》に、ぴっ、と指《ゆび》を2本《ほん》たてた。

「なんなんだようっ！　あけてっ！」

悠《ゆう》はドアをガンガンたたき、カチカチとでたらめに階数《かいすう》ボタンを押《お》しまくった。

【3】のボタンのランプが点《つ》いた。

『ブッブー。不正解《ふせいかい》。正解《せいかい》は、〝2〟。500円《えん》持《も》ってでかけ、400円《えん》おとして、所持金《しょじきん》は100円《えん》。たりない金額《きんがく》は、300円《えん》－100円《えん》で、200円《えん》となります。とけない子供《こども》は、地獄《じごく》へおちましょう！』

悠《ゆう》の靴《くつ》の下《した》で、エレベーターの床《ゆか》が――みしっと音《おと》をたてた。

「えっ？」

――ガコン。

床《ゆか》がはずれた。

床《ゆか》のマス目《め》の一《ひと》つがとつぜん、ぼろっと崩《くず》れておちたのだ。

「———うわあぁぁぁあっっ!!」

「悠《ゆう》っ！」

大翔《ひろと》はかけ寄《よ》ると、落下《らっか》しかけた悠《ゆう》の腕《うで》をつかみあげた。

「うわわわわわぁ……っ！」

悠《ゆう》は穴《あな》からおちかけて、真《まっ》っ青《さお》になって顔《かお》をひきつらせている。

「た、助《たす》けてーっ。足《あし》がーっ。足《あし》がついてないよぉーっ！」

「あばれんな！　おちちまう！　ひきあげるから、ぜったい、下見《したみ》んな！」

「なんかビュウビュウ聞《き》こえるようーっ！」

葵《あおい》がもう片方《かたほう》の腕《うで》に飛《と》びつき、2人《ふたり》で悠《ゆう》をひっぱりあげた。

悠《ゆう》はなんとか床《ゆか》に這《は》いあがると、ころがるように床《ゆか》の穴《あな》からはなれた。なんなんだよう、と涙目《なみだめ》になっている。

大翔《ひろと》は慎重《しんちょう》に穴《あな》のわきへかがみこみ、下《した》をのぞきこんだ。

「………」

ごくりとつばをのんだ。

ビュウウと強《つよ》い風《かぜ》が流《なが》れこんできて、髪《かみ》を逆巻《さかま》かせる。

「ありえないわ……」

押《お》し殺《ころ》した声《こえ》で、葵《あおい》がつぶやいた。

「地上《ちじょう》4階程度《かいていど》の高《たか》さで、こんな景色《けしき》になるわけないじゃない……」

そのとき。

ガラスのむこうをおおっていた霧《きり》が、風《かぜ》にふき散《ち》らされるように晴《は》れわたった。

エレベーターはふだんのように、見晴《みは》らしのいい景色《けしき》になった。

いや、見晴《みは》らしがいいどころじゃない。

よすぎた。

見《み》おろす街並《まちな》みは、マッチ箱《ばこ》みたいに小《ちい》さくなっていた。

毎日通《まいにちかよ》ってる小学校《しょうがっこう》。桜ヶ島《さくらがじま》の駅《えき》。大翔《ひろと》たちのマンション。全部《ぜんぶ》、豆《まめ》つぶみたいに見《み》えた。

白《しろ》いもやがガラスのむこうをただよってる。

雲《くも》の切《き》れはしだった。

『ドキドキクイズ大会《たいかい》★　イン・絶叫《ぜっきょう》エレベーター！』

エレベーターの音声《おんせい》はハイテンションにつづけた。

『みなさんには、高度《こうど》2000メートルのエレベーターで、クイズにこたえていただきます。一定数正解《いっていすうせいかい》すると、ゲームクリア！　無事《ぶじ》にエレベーターからおりることができるよ！

でも不正解《ふせいかい》すると、ペナルティ！　エレベーターは徐々《じょじょ》におちていきます！

──そしてエー！』

ビュウビュウという風《かぜ》のうなり。

ミシ、ギシ……と、つりさげられたエレベーターの箱《はこ》が、風《かぜ》にゆられてきしむ音《おと》が聞《き》こえる。

大翔《ひろと》は以前《いぜん》、家族《かぞく》で遊園地《ゆうえんち》にいったときのことを思《おも》いだした。

上空《じょうくう》まで昇《のぼ》ってから、一気《いっき》に落下《らっか》する絶叫《ぜっきょう》マシーン。
あっけにとられて景色《けしき》を見《み》おろす3人《にん》をよそに、エレベーターはまくしたてた。
『のこり4問《もん》不正解《ふせいかい》すると……GAME OVER《ゲームオーバー》
エレベーターの箱《はこ》ごと、真《ま》っ逆《さか》さまにおっこちて――ガッシャアアーーーン!!』

階数表示板《かいすうひょうじばん》に、ドクロマークが表示《ひょうじ》された。
青《あお》ざめた3人《にん》にかまわず、声《こえ》は一方的《いっぽうてき》にクイズを開始《かいし》した。
『では、問題《もんだい》です。』

2

『悠《ゆう》くんは毎分《まいふん》80メートルの速《はや》さで、駅《えき》にむかって出発《しゅっぱつ》しました。悠《ゆう》くんが出発《しゅっぱつ》してから15分後《ふんご》に、鬼《おに》さんが毎分《まいふん》320メートルの速《はや》さで、悠《ゆう》くんを追《お》いかけはじめました。

鬼《おに》さんが悠《ゆう》くんに追《お》いつくのは、出発《しゅっぱつ》してから何分後《なんぷんご》ですか？　おこたえください。』

「え、え、え……ちょっと、ねえ、どういうことなの？　なんでとつぜんクイズ？　ちょっと、おろしてっ！」

悠《ゆう》が抗議《こうぎ》するが、声《こえ》はこたえない。

『カチ、カチ、カチ、カチ……』

時《とき》をきざみはじめた。時間制限《じかんせいげん》のつもりらしい。

くそっ。つぎからつぎへと……。

ともかく、いまはむこうのルールにあわせるしかない。このクイズにこたえる以外《いがい》に、手《て》はなさそうだ。

悠《ゆう》もそう思《おも》ったのか、こたえを考《かんが》えはじめた。

「え、えっと……悠《ゆう》くんが毎分《まいふん》80メートル、鬼《おに》さんが320メートル……」

うーんうーん、と目《め》をつぶって、頭《あたま》を両手《りょうて》でかかえこむ。

とけそうか？

「鬼《おに》さんが悠《ゆう》くんに追《お》いつくのは……追《お》いつくのは……。でも、ぼく……鬼《おに》さんに追《お》いつかれたくないようっ……！」

だめそうだ。

大翔《ひろと》も宙《ちゅう》をにらんで、考《かんが》えこんだ。

「えっと……悠《ゆう》が出発《しゅっぱつ》してから15分後《ふんご》なんだから……」

算数《さんすう》は得意《とくい》なほうだった。テストでもそんなに点数《てんすう》悪《わる》くないほうだ。

けれど……。

『カチ、カチ、カチ、カチ……』

……あせって頭《あたま》がまわらない。

穴《あな》からビュウビュウふきこむ風《かぜ》の音《おと》。

ギシギシとエレベーターのゆれる振動《しんどう》。

もしもまちがえてしまったら……。

無言《むごん》で進《すす》みでたのは、葵《あおい》だった。

階数選択《かいすうせんたく》ボタンの前《まえ》にたつと、すっと指《ゆび》をのばした。

ピンとのびた背筋《せすじ》。

こんな問題《もんだい》、わかるのはとうぜんですって顔《かお》つき。

授業中《じゅぎょうちゅう》、だれもこたえられない問題《もんだい》に手《て》をあげて、黒板《こくばん》にこたえを書《か》くときと同《おな》じ表情《ひょうじょう》だ。

迷《まよ》いなく、【5】のボタンを押《お》した。

ピンポン、と鳴《な》った。

『正解《せいかい》』

こたえは5分後《ふんご》。

「……ふふん」

と葵《あおい》が得意《とくい》げに笑《わら》う。

エレベーターは間髪《かんはつ》いれなかった。

つぎつぎに、問題《もんだい》を読《よ》みあげていく。


『問題《もんだい》です。牛鬼《ぎゅうき》くんが地獄《じごく》の針山《はりやま》に、せっせと針《はり》を植《う》えています。周囲《しゅうい》が510メートルの血《ち》の池《いけ》のまわりに17メートルおきに針《はり》を植《う》えるとき、針《はり》は何十《なんじゅっ》本用意《ぽんようい》すればいいですか?』

『問題《もんだい》です。桃《もも》から生《う》まれた少年《しょうねん》が鬼退治《おにたいじ》に旅《たび》だつ童話《どうわ》、桃太郎《ももたろう》。お話《はなし》のなかで重要《じゅうよう》なアイテムとして登場《とうじょう》する〝きびだんご〟を名産品《めいさんひん》としてあつかっている日本《にほん》の県《けん》は、どこですか?

1、静岡県《しずおかけん》　2、香川県《かがわけん》　3、岐阜県《ぎふけん》　4、岡山県《おかやまけん》』

『問題《もんだい》です。別名《べつめい》〝鬼《おに》の子《こ》〟ともいわれる〝ミノムシ〟ですが、なんの幼虫《ようちゅう》？

1、ガ　2、チョウ　3、クモ　4、ムカデ』

『問題《もんだい》です。以下《いか》の鬼《おに》に関《かん》することわざのなかで、〝先《さき》のことはあてにならない〟という意味《いみ》で使《つか》われるものをこたえなさい。

1、鬼《おに》の居《い》ぬ間《ま》に洗濯《せんたく》　2、渡《わた》る世間《せけん》に鬼《おに》はない

3、鬼《おに》が仏《ほとけ》の早変《はやが》わり　4、来年《らいねん》のことをいえば鬼《おに》が笑《わら》う』

算数《さんすう》、社会《しゃかい》、理科《りか》、国語《こくご》。

ジャンルを変《か》えながらつぎつぎ出題《しゅつだい》される問題《もんだい》に、葵《あおい》は即座《そくざ》にボタンを押《お》して回答《かいとう》していく。

【3】【4】【1】【4】。

ピンポン、ピンポン、ピンポン、ピンポン……つぎつぎ正解《せいかい》の音《おと》が鳴《な》りひびいた。

「す、すっごいっ！　さすがアオイだね！」

「……たいしたことないわ。このくらい、ちょっと勉強《べんきょう》すればだれにでもできるレベルよ」

言葉《ことば》とはうらはらに、葵《あおい》はどんなもんだとばかりに胸《むね》をはっている。

宮原葵《みやはらあおい》は勉強家《べんきょうか》だ。〝ガリ勉宮原《べんみやはら》〟の名《な》はダテじゃない。

でも葵《あおい》がそう呼《よ》ばれるようになったのは、昔《むかし》からのことじゃなかった。

むしろ昔《むかし》は、勉強《べんきょう》はからっきしだった。1年生《ねんせい》のときのテストの点数《てんすう》は、大翔《ひろと》や悠《ゆう》より低《ひく》かったくらいだ。

まだ小《ちい》さかった大翔《ひろと》と悠《ゆう》は、それで葵《あおい》をからかったことがある。

（かけっこはおれで、ゲームはゆう。あおいってば、なんもできね～よな）

（だよね～。ふっふっふ）

冗談《じょうだん》でいっただけのつもりだったのに、葵《あおい》は目《め》に涙《なみだ》をためて走《はし》っていってしまった。大翔《ひろと》たちがあやまっても、しばらく遊《あそ》ぼうとしなかった。

HAPPY
My Dream

数ヶ月後《すうかげつご》、満点《まんてん》の答案《とうあん》を2人《ふたり》にたたきつけて、これからは勉強《べんきょう》のことはあたしに訊《き》くことね……とふふふと笑《わら》った。目《め》にくまをつくって迫力《はくりょく》たっぷりな葵《あおい》に、2人《ふたり》はぶんぶんうなずくしかなかった。

（……友達《ともだち》においていかれたくないの）

葵《あおい》はそっぽをむいて、そういった。

それから大翔《ひろと》は、この負《ま》けずギライで努力家《どりょくか》な幼《おさな》なじみを、ひそかに尊敬《そんけい》しているのだ。

『問題《もんだい》です。

天国《てんごく》の門《もん》と地獄《じごく》の門《もん》があり、左右《さゆう》の門《もん》の前《まえ》に1匹《ぴき》ずつ、鬼《おに》の門番《もんばん》がたっています。

どちらか一方《いっぽう》はウソだけを話《はな》す鬼《おに》で、どちらか一方《いっぽう》は真実《しんじつ》だけを話《はな》す鬼《おに》です。

両方《りょうほう》の鬼《おに》は見《み》わけがつかず、天国《てんごく》と地獄《じごく》、どちらの門番《もんばん》をしているかもわかりません。

どちらかの鬼《おに》にたった一《ひと》つ質問《しつもん》をして、天国《てんごく》の門《もん》をとおるには、どういう質問《しつもん》をすればいいですか？　おこたえください。』

問題《もんだい》は手《て》を替《か》え品《しな》を替《か》え、だんだんと難解《なんかい》になってきた。

「な、なんなのこの問題《もんだい》……」

「ウソつきの鬼《おに》と正直者《しょうじきもの》の鬼《おに》、か……」

悠《ゆう》と大翔《ひろと》は腕《うで》を組《く》んで、うーんと首《くび》をひねった。まあ、もうすっかり2人《ふたり》の手《て》には負《お》えなくなって、全部葵《ぜんぶあおい》が回答《かいとう》しているのだけど。

「ぼくだったら……そうだなぁ。どっちの門《もん》が天国《てんごく》の門《もん》か、正直《しょうじき》に教《おし》えてって訊《き》くかなぁ……」

「でも、それでこっちが天国《てんごく》だってこたえても、ウソつきの鬼《おに》のウソかもって話《はなし》だろ？」

「ちがうんだよヒロト。目《め》を見《み》て訊《き》くんだ。どんな人間《にんげん》でも誠意《せいい》さえとどけば、スナオにこたえてくれるもんだって、おばあちゃんいってたよ」

「でも、相手《あいて》は人間《にんげん》じゃなくて鬼《おに》だって話《はなし》だろ？」

「……こう質問《しつもん》するわ。〝あなたのとなりの鬼《おに》に、右《みぎ》の門《もん》は天国《てんごく》の門《もん》と地獄《じごく》の門《もん》、どちらですかと質問《しつもん》したら、となりの鬼《おに》はどうこたえますか？〟」

とんちんかんなことといってる2人《ふたり》をよそに、考《かんが》え考《かんが》え、葵《あおい》はこたえる。

「それで、こたえが〝地獄《じごく》〟なら、右《みぎ》の門《もん》を。そうでなければ左《ひだり》の門《もん》をとおる」

ピンポン。正解《せいかい》。

「なんだかぜんぜんわかんないけど、アオイ、すごいっ」

「なんだかぜんぜんわかんないけど、葵《あおい》、すごいなっ」

悠《ゆう》と大翔《ひろと》はパチパチ拍手《はくしゅ》する。

「でもさ、でもさ。ぼくの解答《かいとう》も、いいセン、いってたでしょ？」

「……おばあちゃんの教《おし》え自体《じたい》は、いつの時代《じだい》も大切《たいせつ》にされるべき価値観《かちかん》だとは思《おも》うわ……」

「だよねーっ、惜《お》しかったよねー！」

声《こえ》は、問題《もんだい》を準備《じゅんび》しているのか、少《すこ》しだけあいだをあけた。

このまま葵《あおい》にまかせていれば、きりぬけられそうだ。

ややあって、つぎの問題《もんだい》を読《よ》みあげた。


『問題《もんだい》です。

3匹《びき》の鬼《おに》があつまって話《はなし》をしています。
ウソだけを話《はな》す鬼《おに》と、真実《しんじつ》だけを話《はな》す鬼《おに》がいます……』
またこのパターン？　楽勝《らくしょう》じゃん、と悠《ゆう》がいう。
いや、おれらはぜんぜん楽勝《らくしょう》じゃないだろ、と大翔《ひろと》は心《こころ》のなかでツッコむ。
『いま、3匹《びき》の鬼《おに》たちが、つぎのように話《はな》しあっています。
赤鬼《あかおに》「この3匹《びき》のうち少《すく》なくとも1匹《ぴき》がウソをついている」
青鬼《あおおに》「この3匹《びき》のうち少《すく》なくとも2匹《ひき》がウソをついている」
黄鬼《きおに》「この3匹《びき》の全員《ぜんいん》がウソをついている」
……ウソつきの鬼《おに》は、何匹《なんびき》いますか？　おこたえください。』
「何匹《なんびき》？　アオイ。ぼくのカンでは、犯人《はんにん》は赤鬼《あかおに》！　かなー」
「おれのカンでは、きっと2匹《ひき》だ！　根拠《こんきょ》はなし！」

もうすっかり葵《あおい》にまかせきって、無責任《むせきにん》にいいあっていた悠《ゆう》と大翔《ひろと》。

「…………」

葵《あおい》はこたえなかった。

まゆをひそめて、むずかしい顔《かお》をしてだまりこんでいる。

カチ、カチ、カチ、カチ……エレベーターが時《とき》をきざんでいく。

「……ごめん、アオイ。バカなこといってたから怒《おこ》った？」

「おれらもまじめに考《かんが》えるよ。……いや、考《かんが》えても、よくわかんないんだけど……」

「……なに？　この問題《もんだい》……」

「え？」

「……こたえが、ない。んだけど……」

しばらく考《かんが》えこんだあと、葵《あおい》は青《あお》ざめた顔《かお》で2人《ふたり》を見《み》た。

「……どういうこと？」

「1匹《ぴき》でも2匹《ひき》でも3匹《びき》でも、0匹《ひき》でも……全部《ぜんぶ》、ムジュンがでるの。こんなの、解答《かいとう》できないわ！」

「ちょ、ちょっと、どういうことなの！」

『ざんねん。時間切《じかんぎ》れ。』

――ふわっ。

つま先《さき》が床《ゆか》からういた。

大翔《ひろと》は目《め》を見《み》ひらいた。

エレベーターの外《そと》に見《み》える景色《けしき》が――ものすごいいきおいで上《うえ》にすっ飛《と》んでいく。

「うわあああああああああぁぁっっ！」

落下《らっか》しているのだ。

体《からだ》が宙《ちゅう》へうきあがった。おなかのなかがひやっと冷《つめ》たくなる。ジェットコースターで真《ま》っ逆《さか》さまにおちるときと同《おな》じ――

ガクンッ、と急《きゅう》ブレーキがかかって止《と》まった。

つま先《さき》が床《ゆか》に落下《らっか》して、バランスを崩《くず》す。

階数表示《かいすうひょうじ》ランプが【4】から【3】になった。

『20メートルの垂直落下《すいちょくらっか》、いかがでしたか？　落下《らっか》の際《さい》は安全《あんぜん》バーにおつかまりください。なお、のこり3問《もん》まちがえたら、GAME《ゲーム》 OVER《オーバー》となります。』

ぼくこういうのだめなんだようう、と悠《ゆう》は涙目《なみだめ》だ。

大翔《ひろと》は心臓《しんぞう》がばくばくするのをこらえ、深呼吸《しんこきゅう》した。葵《あおい》がボタンの前《まえ》でかまえた。

『問題《もんだい》です。

あるとき赤鬼《あかおに》がいいました。ウソがいつまでも見抜《みぬ》けないとき、ウソをついているのはわたしである。

つぎに青鬼《あおおに》がいいました。赤鬼《あかおに》がウソつきならば、つぎに黄鬼《きおに》のいうこともウソである。

さいごに黄鬼《きおに》がいいました。もしわたしのウソを見抜《みぬ》いているという者《もの》がいたら、それは正《ただ》しい。

このなかで、正《ただ》しいことをいっているのはだれ？　1、赤鬼《あかおに》　2、青鬼《あおおに》　3、黄鬼《きおに》』

葵《あおい》は少《すこ》しだけ考《かんが》えて、また青《あお》い顔《かお》をして首《くび》をふった。

「……だめ。また解答《かいとう》がないわ。こんなの、こたえなんてでない」

「おい、エレベーター！　問題《もんだい》がおかしいぞ！」

「だしなおして！」

大翔《ひろと》と悠《ゆう》は抗議《こうぎ》した。

エレベーターはこたえない。

『カチ、カチ、カチ、カチ……』

「ど、どうしよう……っ」

「じ、時間切《じかんぎ》れになるくらいなら、カンで押《お》すしかねぇよっ」

「でも、まちがってたら……」

『カチ、カチ、カチ、カチ……。――ざんね』

大翔《ひろと》は【2】のボタンを押《お》した。

『ブッブー。不正解《ふせいかい》。

正解《せいかい》は……～鬼《おに》。』


肝心《かんじん》な部分《ぶぶん》をゴニョゴニョとしゃべり、正解《せいかい》が聞《き》きとれない。

『それでは落下《らっか》していただきましょう。GO《じごく》 TO《へ》 HELL《おちろ》!!』

またつま先《さき》が床《ゆか》からういた。

体《からだ》が天井《てんじょう》のほうへおちていく。

こんどはさっきよりずっと長《なが》い。宙《ちゅう》に投《な》げだされそうになるのを、壁《かべ》の手《て》すりにしがみついてこらえた。

ガクンと止《と》まった。

ほうりだされるように床《ゆか》にころがった。床《ゆか》はごていねいにクッション素材《そざい》になっている。

階数表示《かいすうひょうじ》ランプが【3】から【2】に変《か》わった。

『問題《もんだい》です。

悠《ゆう》くんはお使《つか》いをたのまれて、500円《えん》を持《も》ってでかけました。

品物《しなもの》は300円《えん》でしたが、途中《とちゅう》で500円《えん》おとしてしまいました。

たりなかったのは、なんですか？』


「あ、これはカンタンだね！　ぼくでもわかるよ！」

悠《ゆう》がほっとしたような声《こえ》をだし、ボタンに手《て》をのばした。

「悠《ゆう》くんが、500円《えん》持《も》ってでかけたんだよね。それで、500円《えん》全部《ぜんぶ》おとしちゃった。

品物《しなもの》が300円《えん》なんだから、たりなかったのは300円《えん》だね」

【3】のボタンを押《お》した。


『たりなかったのは悠《ゆう》くんの注意力《ちゅういりょく》でした。』

「どうせ注意力《ちゅういりょく》ないようううううううううっっ」

泣《な》きわめく悠《ゆう》の声《こえ》が宙《ちゅう》にのびていく。
エレベーターは地面《じめん》にすいこまれるようにおちていく。体《からだ》が完全《かんぜん》に逆《さか》さまになる。
ようやく止《と》まった。
体《からだ》がふわふわして、たっているのに、ういてるみたいだ。

『問題《もんだい》です。』
エレベーターがいった。
『……1+《たす》1=《は》あ？』

3人《にん》は、顔《かお》を見《み》あわせた。
大翔《ひろと》はおそるおそる、【2】を押《お》した。

『ブッブぅ～。正解《せいかい》は、〝田《た》んぼの田《た》〟、でしたぁ～。』

落下《らっか》する。

もうどっちが上《うえ》で下《した》なのかも、わからない。

ようやく止《と》まった。

「……も、もう、だめだよう……」

たたきつけられた床《ゆか》に這《は》いつくばって、悠《ゆう》がうめく。

「……あたし、もうどんな絶叫《ぜっきょう》コースターに乗《の》っても、物《もの》たりないと思《おも》うわ……」

葵《あおい》がぼそりとつぶやいた。

大翔《ひろと》はたちあがったが、どうしていいかわからない。

正解《せいかい》のないクイズに、どう回答《かいとう》しろっていうんだ……。


『さぁーて、あとがなくなってまいりましたぁーー！』

大翔《ひろと》たちが不正解《ふせいかい》のたび、声《こえ》はどんどん楽《たの》しそうになってきた。

ハイテンションでまくしたてる。

『まちがえた問題数《もんだいすう》、4問《もん》お〜ん。

つぎまちがえたら、GAME OVER《ゲームオーバぁー》。

地面《じめん》に激突《げきとつ》でぇ〜っす！　死《し》んじゃいまぁ〜っす！

せっかくなので、そのまま地獄《じごく》にいけるようにしてみましたぁ〜っ！』


パチッ。

スイッチをきりかえるように、窓《まど》の外《そと》、眼下《がんか》の光景《こうけい》が、街《まち》の景色《けしき》からがらりと変《か》わった。

3人《にん》は息《いき》をのんだ。

荒《あ》れはてた大地《だいち》がひろがっていた。

びっしりと針《はり》の生《は》えた赤茶色《あかちゃいろ》の山《やま》。血《ち》で赤黒《あかぐろ》くにごった池《いけ》。

そのなかから、大量《たいりょう》の亡者《もうじゃ》のむれがこちらを見《み》あげ、不気味《ぶきみ》なうめき声《ごえ》をあげながら手《て》をのばしている。

「……こ、これって……」

『バーカバーカ！　地獄《じごく》にきて、生《い》きてでられると思《おも》うなよぉ！』
『生《い》きた人間《にんげん》、そのまま帰《かえ》すかよォ！』
『一緒《いっしょ》に地獄《じごく》におちようぜエ！』
『鬼《おに》に罰《ばっ》せられる毎日《まいにち》もいいもんだぜぇぇ！　ギャハハハ！』

スピーカーからゲラゲラと、たくさんの笑《わら》い声《ごえ》がひびく。
気《き》づけば、エレベーターの箱《はこ》の上《うえ》には、無数《むすう》の亡者《もうじゃ》たちがとりついていた。
朽《く》ちた体《からだ》。くさった目玉《めだま》。
ニヤニヤと笑《わら》って、大翔《ひろと》たちをのぞきこんでいる。

『問題《もんだい》だしてるのは、おれたちでしたぁぁ〜！』
『でもでもぉ、解答《かいとう》はぁ……考《かんが》えるの、忘《わす》れちゃったぁぁ〜っ！』
『100％《パーセント》、不正解《ふせいかい》ぃ〜っ！』

くちぐちにいって、ギャハハと笑《わら》う。

「…………」

大翔《ひろと》は階数選択《かいすうせんたく》ボタンの前《まえ》にたった。

指《ゆび》をのばし、ボタンの前《まえ》でかまえる。

「……うるせえ。さっさとつぎの問題《もんだい》、だせ」

『…………』

「まだ、1問《もん》、あるだろ。バカ笑《わら》いすんのは、つぎでまちがえてからにしろよ」

『……ナマイキなやつぅ〜。』

『どうせまちがえるっていってるのに。』

『さっさと地獄《じごく》におとしちゃおうぜぇ。』

『さて、みんな、どんな問題《もんだい》がいいと思《おも》う〜？』

亡者《もうじゃ》たちは顔《かお》をつきあわせ、ひそひそと話《はな》しあった。

やがて、それだ！　とわきたった。
くすくすとしのび笑《わら》いをかみころし、しずかにつづけた。
『……それでは、最後《さいご》の問題《もんだい》です。』

3

『問題《もんだい》です。まずは、この音声《おんせい》をお聞《き》きください。』
亡者《もうじゃ》たちは、【☎】ボタンを押《お》すようにうながした。緊急時用《きんきゅうじよう》の通報《つうほう》ボタンだ。
ボタンを押《お》すと、ブツッ、とスピーカーが音《おと》をたてた。
マイクがきりかわった。
泣《な》き声《ごえ》が聞《き》こえてきて、大翔《ひろと》はハッとした。
「――結衣《ゆい》!?」

スピーカーのむこうから聞《き》こえてきたのは、聞《き》きなれた妹《いもうと》の泣《な》き声《ごえ》だった。

ぐすっ、ぐすっと、すすり泣《な》いている。

「結衣《ゆい》！　無事《ぶじ》か!?」

「……おにーちゃん？」

こっちの声《こえ》もとどくみたいだ。大翔《ひろと》が呼《よ》びかけると、結衣《ゆい》が気《き》づいて声《こえ》をはりあげた。

あたりを見《み》まわして大翔《ひろと》の姿《すがた》をさがしているのか、声《こえ》が遠《とお》くなったり近《ちか》くなったりする。

「おにーちゃん、どこ……？」

「結衣《ゆい》、どこにいるんだ！　ケガはないか!?　だいじょうぶか！」

「だいじょうぶ……」

「いま、どこにいるんだ!?　家《いえ》じゃないのか!?」

「………」

なぜだか、結衣《ゆい》はだまりこんだ。

いうと怒《おこ》られるとでもいうみたいに。

「結衣《ゆい》！」

「あ、あのね……。おにーちゃん、でかけたあとね……」

結衣《ゆい》は大翔《ひろと》の顔色《かおいろ》をうかがうように、しゅんとした声《こえ》をだしてよこした。

「ゆいも、いえ、でたの……」

大翔《ひろと》は、頭《あたま》がかっとなった。

「それで、きがついたら、たくさんおみせがあるところに……」

「――どうしてついてきたりしたんだよ！」

大声《おおごえ》をだしていた。

「あれだけいったのに！　バカ結衣《ゆい》！」

頭《あたま》が熱《あつ》くなって、くらくらする。

結衣《ゆい》はまちがいなく、ここにいるのだ。

……鬼《おに》のうろつくショッピングモールに。たった1人《ひとり》で。

「だ、だって、だってね……」

ぐすっぐすっと結衣《ゆい》がまた泣《な》きだした。

「……いま、自分《じぶん》がどこにいるか、わかるか？」

深呼吸《しんこきゅう》して、大翔《ひろと》はなるべくおちついた声《こえ》をだした。

ともかく、居場所《いばしょ》を聞《き》きださないといけない。それで、迎《むか》えにいかないと。

だって、店《みせ》のなかは鬼《おに》がうろついているんだ。生者《せいじゃ》を地獄《じごく》へおとしたい亡者《もうじゃ》が手《て》ぐすねひいてるんだ。

小《ちい》さい結衣《ゆい》なんて、すぐに捕《つか》まって食《く》われてしまう。

いそがなくちゃ。このスピーカーがいつまでつうじているかもわからない。はやく、はやく。聞《き》きださなくちゃ。迎《むか》えにいかなくちゃ――

「…………」

結衣《ゆい》はこたえない。

「こたえろ、結衣《ゆい》！」

待《ま》ちきれずに大翔《ひろと》が声《こえ》をはりあげると、結衣《ゆい》はまたぐずりはじめた。

「だ、だって……。わ、わかんないよぉ……。おみせ、たくさんあるんだもん……」

「なんていう店《みせ》だよ？」

「わかんないの……」

「なにか目印《めじるし》になるものはないか!?　泣《な》いてないでこたえろ！　……おい、結衣《ゆい》！　大事《だいじ》なことなんだ！　結衣《ゆい》っ！」

(ぐすっ、ぐすっ……。わかんないっていってるじゃん、おこんないでよぉ……)

結衣《ゆい》はもうこっちのいうことなんて聞《き》こえてないみたいに、ぐすぐすと泣《な》きじゃくっている。

いつもの口《くち》ゲンカを思《おも》いだした。

大翔《ひろと》が友達《ともだち》と遊《あそ》んでいるところに交《ま》ざってきた結衣《ゆい》は、いつも大翔《ひろと》の邪魔《じゃま》ばかりする。

結衣《ゆい》、はやく。結衣《ゆい》、ちゃんとしろよ……大翔《ひろと》がいうと、泣《な》いてしまう。

(結衣《ゆい》はまだ小《ちい》さいんだから、私《わたし》たちと同《おな》じようにはできないのよ。心《こころ》をひろく、見守《みまも》ってあげてね)

母《かあ》さんはそういって、大人《おとな》のヨユウってやつをみせる。

大翔《ひろと》だってもちろん、そんなことわかってる。

……わかってるけど、気《き》づくといつもケンカになってる。

どうしてなんだろう。わかってるのに……。

「お、おにぃっ……ちゃんっ……のっ……ば、バカぁっ……っ」

結衣《ゆい》はひっくひっくと泣《な》きじゃくっている。

もう居場所《いばしょ》なんてとても聞《き》きだせない。

「お、おにぃっちゃ、んっ……なんて……、だ、だいっきらっい……だもん……」


——ブツッ。


断《た》ちきるような音《おと》をたてて、スピーカーがきれた。

もう結衣《ゆい》の声《こえ》は聞《き》こえない。


『……それでは、問題《もんだい》です。』

まるでなにごともなかったように、亡者《もうじゃ》たちの声《こえ》がひびいた。

ぼうぜんとたちつくした大翔《ひろと》にむけて、くすくすしのび笑《わら》いをもらしながら、一斉《いっせい》に問《と》いかけた。

『『きょうだいは、あなたにとって、どんな存在《そんざい》ですか？』』

「………」

『以下《いか》のなかから、おこたえください。』

『B《ビー》1、きらい』

『1、じゃま』

『2、うざい』

『3、顔《かお》も見《み》たくない』

亡者《もうじゃ》たちは、一《ひと》つ一《ひと》つ代《か》わる代《が》わるに、選択肢《せんたくし》を読《よ》みあげていく。

その声《こえ》は徐々《じょじょ》に甲高《かんだか》くなり、ケタケタとおかしそうにバカ笑《わら》いをはじめた。

『4、どっかいっちまえよ、バーカ！』
『5、心《こころ》の底《そこ》からきらいだ、クーズ！』
『【開《ひらく》】、勝手《かって》に迷子《まいご》になっとけよ！　いい気味《きみ》だっつうの！』
『【閉《とじる》】、あーあ！　いっそ鬼《おに》にでも食《く》われちまえばせいせいするのになぁ！』
『ギャハハハハ！』
『ギャ――――ッハッハッハッハッハッハッハッハッ！』

……大翔《ひろと》は体《からだ》のわきで、ぎゅうっと拳《こぶし》をにぎりしめた。

『『さあ、おこたえください！』』

まちがえたら、☠。
地面《じめん》にたたきつけられて、GAME OVER《ゲームオーバー》。地獄《じごく》いき。

『まっちがっえろっ！』
『まっちがっえろっ!!』
亡者《もうじゃ》たちの大合唱《だいがっしょう》がひびく。
……迷《まよ》いはなかった。
大翔《ひろと》はすうっと息《いき》をすいこむと、ならんだボタンをじっと見《み》つめた。
「こたえは……」
亡者《もうじゃ》たちが見《み》つめる。悠《ゆう》と葵《あおい》が見《み》つめる。
大翔《ひろと》は右足《みぎあし》をふりあげた。
サッカーでシュートをきめるみたいに。

「――こいつだっ!!」

ならんだボタンを――力《ちから》いっぱいけりあげた。

バキイィッ――

ボタンの表面《ひょうめん》にひびがはいった。

くだけたガラスが床《ゆか》に散《ち》らばる。

バチッと火花《ひばな》が散《ち》って、スピーカーがしずまりかえった。

バカ笑《わら》いしていた声《こえ》が聞《き》こえなくなった。

「…………」

3人《にん》は、ぎゅっと目《め》をつぶって待《ま》った。

たった数秒《すうびょう》が、1時間《じかん》にも2時間《じかん》にも感《かん》じた。

しばらくして、音《おと》が鳴《な》った。

――ピンポン

おそるおそる目《め》をひらくと、エレベーターのドアがのろのろとひらいていた。

ドアのむこうには、ショッピングモールのB《ビー》1フロアがひろがっている。

HIRO

ふりかえると、エレベーターの窓《まど》のむこうに、もう景色《けしき》なんてなかった。

地下《ちか》フロアの壁《かべ》が、暗《くら》くそびえているだけだ。

むらがっていた亡者《もうじゃ》たちの姿《すがた》も、消《き》えさっていた。

「……いこう」

大翔《ひろと》は、足《あし》を踏《ふ》みだした。

くだけたガラス片《へん》を踏《ふ》んで、エレベーターをでる。

結衣《ゆい》をさがしにいかなくちゃ。

ふと気《き》づいて、ふりかえった。

もう姿《すがた》の見《み》えない亡者《もうじゃ》たちにむけて、いってやった。

「……バカ笑《わら》いすんのは、まちがえてからにしろっていっただろ」


——ちっ。

くやしげな舌打《したう》ちが聞《き》こえた気《き》がしたが、気《き》のせいかもしれない。

4 かくれんぼ／地下《ちか》1階《かい》食料品《しょくりょうひん》フロア

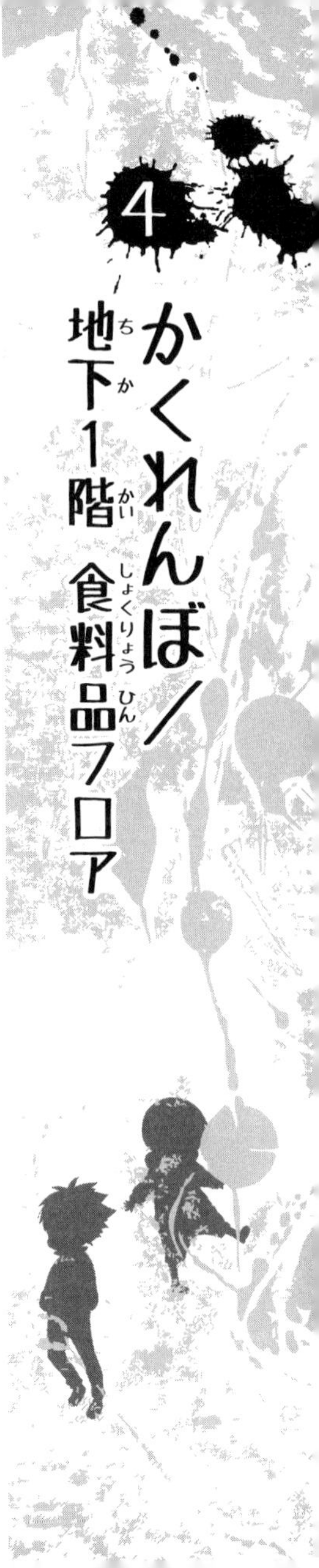

1

同時刻《どうじこく》。

ショッピングモール3階《かい》、アパレル・ファッションエリア。

「ふふっ。キマってるな、オレ。これで宮原《みやはら》のハートは、オレに釘《くぎ》づけだぜ」

「僕《ぼく》のも見《み》てよ。これで優花《ゆうか》ちゃんも、僕《ぼく》に一目《いちもく》おいてくれるんじゃないかと」

「……おまえらに緊張感《きんちょうかん》というものはないのか……」

偵察《ていさつ》からもどってきた金谷章吾《かなやしょうご》は、店《みせ》の服《ふく》を手《て》あたりしだいにひっぱりだして遊《あそ》んでいるクラスメイトを見《み》て、深《ふか》いため息《いき》を吐《つ》いた。

服《ふく》が散乱《さんらん》したショップのなか、鏡《かがみ》の前《まえ》で、同《おな》じ桜ヶ島小《さくらがじましょう》6年《ねん》1組《くみ》の関本和也《せきもとかずや》と伊藤孝司《いとうこうじ》が、なにやらポーズをキメている。

「お、章吾《しょうご》、帰《かえ》ったか」

と、関本和也《せきもとかずや》がふりかえった。

「どうよ？　これ。荒野《こうや》のガンマンって感《かん》じしねぇ？」

これからは男《おとこ》もファッションの時代《じだい》だよな、と笑《わら》う。

クラス一《いち》のお調子者《ちょうしもの》で、一言《ひとこと》でいえばバカでアホ。しょっちゅうふざけて先生《せんせい》にしかられている。

和也《かずや》はやたらハデな柄《がら》シャツと、穴《あな》だらけのジーンズを着《き》ていた。カウボーイハットをくいっと持《も》ちあげ、カッコいい……と1人《ひとり》でうっとりしている。

「僕《ぼく》のはね、武士《ぶし》をイメージしてみた。新撰組《しんせんぐみ》とか、好《す》きなんだよね」

と、同《おな》じくポーズをキメているのは、伊藤孝司《いとうこうじ》。ふだんは読書好《どくしょず》きでおとなしいのに、和也《かずや》と一緒《いっしょ》にいるとお調子者《ちょうしもの》になる。

孝司《こうじ》はしぶい色《いろ》の半着《はんぎ》に、ゆったりとした袴《はかま》をはいて、頭《あたま》に鉢巻《はちま》きをむすびつけている。

そろって口《くち》をひらき、うっとりと、

「「カッコいい……」」

章吾《しょうご》は、頭《あたま》が痛《いた》くなってきた。


……どうして、こんなことになってるんだ。


その日《ひ》、章吾《しょうご》はもともと、ショッピングモールにくるつもりなんてなかった。朝《あさ》から一日《にち》、ランニングをする予定《よてい》だった。

どうしてランニングなんてはじめたかというと……理由《りゆう》は、しゃくだが、となりのクラスの大場大翔《おおばひろと》。

桜ケ島小《さくらがじましょう》では、1組《くみ》と2組《くみ》の体育《たいいく》の授業《じゅぎょう》は、合同《ごうどう》でおこなわれることになっている。50メートル走《そう》、100メートル走《そう》。走《はし》り幅跳《はばと》び、高跳《たかと》び、ドッヂボール、サッカー、バスケ……。

どんな競技《きょうぎ》でも、章吾《しょうご》はいつもトップだった。

いまにはじまったことじゃない。小《ちい》さいころから、ずっとそうだ。

「金谷《かなや》くん、すごい」

まわりのみんなに、よくいわれる。よくいわれるが……章吾《しょうご》はピンとこない。だって、それは章吾《しょうご》にとって、いたって「ふつう」のことだったから。トップって、そんなにすごいことか？

だが、このごろ、事情《じじょう》が少《すこ》し変《か》わってきた。

50メートル走《そう》、100メートル走《そう》で、大翔《ひろと》がタイムをのばしてきたのだ。体育《たいいく》の授業《じゅぎょう》で走《はし》っていると、すぐうしろをぴったりついてくる。

まだ負《ま》けたことはない。

が、ときどき、かなりやばい。

章吾《しょうご》は、週末《しゅうまつ》、ランニングをはじめた。桜ヶ島《さくらがじま》の街《まち》をぐるりと走《はし》り、体《からだ》をきたえなおすのだ。

スポーツで〝練習《れんしゅう》〟するだなんて、生《う》まれてはじめての経験《けいけん》だった。練習《れんしゅう》なんてしなくても、章吾《しょうご》の相手《あいて》になるやつなんて、いままでだれもいなかったのに。

くそ、カッコ悪《わり》ぃなぁ……。

そう思《おも》っているのに、走《はし》る足《あし》どりはかるかった。このごろ、章吾《しょうご》は少《すこ》し変《か》わったねといわれる。話《はな》しやすくなったみたい、と。自分《じぶん》ではよくわからないけど。

どうでもいい。ふん、がきんちょ大翔《ひろと》め。みてろ。おまえが映画《えいが》なんて観《み》にいってるあいだに、めいっぱい差《さ》をつけてやる。ぐんぐんスピードをあげていく。

……でも、ちょっとだけ、映画《えいが》も興味《きょうみ》あったかも。

コースの途中《とちゅう》で、章吾《しょうご》はショッピングモールを見《み》かけた。映画館《えいがかん》ってここだよな——と、なんとなく足《あし》をむけていた。

シューズでも見《み》ようかなと思《おも》って、モール内《ない》のスポーツ用品店《ようひんてん》にはいった。

人《ひと》があつまって笑《わら》っているので見《み》てみると、混《こ》んだ店内《てんない》で、和也《かずや》と孝司《こうじ》が、

「ファイトォオウッ！」「いっぱぁぁあっつ！」

とほえながら、エアロバイクをこいでいた。

まわれ右《みぎ》して店《みせ》をでようとしたが、先《さき》に見《み》つけられて捕《つか》まってしまった。

……そうこうしているうちに、ふっと、電気《でんき》が消《き》えたのだ。

なんの前触《まえぶ》れもなく。

いつの間《ま》にか、ほかの客《きゃく》たちの姿《すがた》がなくなって、館内放送《かんないほうそう》が鬼《おに》ごっこの開始《かいし》を告《つ》げた。

なんとか逃《に》げ道《みち》をさがそうと、章吾《しょうご》が偵察《ていさつ》にいってもどってきてみれば、アホ2人《ふたり》はまったく危機感《ききかん》もなく、ファッションショーをして遊《あそ》んでいた……というわけだった。

＊

「1階《かい》の出口《でぐち》は、全部封鎖《ぜんぶふうさ》されてた。すごく頑丈《がんじょう》なシャッターだ」

2人《ふたり》にもとの服《ふく》に着替《きが》えさせると、章吾《しょうご》は作戦会議《さくせんかいぎ》をはじめた。

はじめにいたのがスポーツ用品店《ようひんてん》だったから、装備《そうび》についてはばっちりだった。小学校《しょうがっこう》に閉《と》じこめられたときの経験《けいけん》で、武器《ぶき》があればだいたいの鬼《おに》には、対抗《たいこう》できることは知《し》っている。……できないのもいるが。

武器《ぶき》になりそうな用具《ようぐ》は、デイパックのなかにつめて持《も》ってきた。盗《ぬす》みじゃないぞ、借《か》りるだけだ。

和也《かずや》と孝司《こうじ》はあまり話《はなし》を聞《き》かず、カッコいいのに……とぶつぶつ文句《もんく》をいっている。おまえら、鬼《おに》に食《く》われるのとカッコ悪《わる》いの、どっちを選《えら》ぶんだ……訊《き》くと、キューキョクの2択《たく》だ……と悩《なや》みまくった。なんかもうあきらめて、章吾《しょうご》はショッピングモールの地図《ちず》をひろげた。

南北《なんぼく》にのびたモールの1階《かい》には、いくつもの出入《でい》り口《ぐち》がある。何千人《なんぜんにん》もの客《きゃく》が出入《ではい》りするガラスドア、自動《じどう》ドア。いまは、すべて強固《きょうこ》なシャッターで封鎖《ふうさ》されている。ためしに日曜大工《にちようだいく》コーナーからハンマーを借《か》りてきて、たたいてみたが、びくともしなかった。ほかにもいろんな道具《どうぐ》でためしたが、やぶれそうにない。

『ぴんぽんぱんぽん。当《とう》ショッピングモールの防犯《ぼうはん》シャッターは、業界屈指《ぎょうかいくっし》、安心《あんしん》の固《かた》さ。大砲《たいほう》でも撃《う》ちこまないかぎり、やぶれません！　鬼《おに》ごっこはぜひ店内《てんない》でお楽《たの》しみください。

ぴんぽんぱんぽーん。』

館内放送《かんないほうそう》にしっかり釘《くぎ》をさされる始末《しまつ》だ。

地階《ちかい》、屋上《おくじょう》には駐車場《ちゅうしゃじょう》があるが、これも通路《つうろ》が封鎖《ふうさ》されている。エレベーターは電源《でんげん》がきれているし、エスカレーターは逆流《ぎゃくりゅう》してる。和也《かずや》と孝司《こうじ》が逆走《ぎゃくそう》しまくったが、『エスカレーターの逆走《ぎゃくそう》はキケンです。ぴんぽんぱんぽーん』と、やっぱり館内放送《かんないほうそう》に注意《ちゅうい》された。

「あのシャッターをなんとかしないかぎり、脱出《だっしゅつ》はできそうもないな……」

大砲《たいほう》でも撃《う》ちこまないかぎり、やぶれないシャッター、か。

なんとかして、あけることはできないだろうか。

3人《にん》は首《くび》をひねって考《かんが》えこんだ。

でも、いいアイデアはでてこない。

＊

ともかく、ほかに出口《でぐち》がないかさがすことにした。着替《きが》えを終《お》えると、章吾《しょうご》たちは店《みせ》をでた。結局《けっきょく》、和也《かずや》はカウボーイハット、孝司《こうじ》は鉢巻《はちま》きをつけたままだ。気《き》にいったらしい。

移動《いどう》には、スポーツショップで調達《ちょうたつ》しておいた、インラインスケートを使《つか》うことにした。靴底《くつぞこ》に縦一列《たていちれつ》に車輪《しゃりん》がついている。

がらんとしずまりかえったショッピングモールに、車輪《しゃりん》の音《おと》がひびく。鬼《おに》に見《み》つからないよう、注意《ちゅうい》して走《はし》る。

ほかの買《か》い物客《ものきゃく》たちは、どうしたんだろう？

たくさんの買《か》い物客《ものきゃく》たちが、みんないなくなってしまったのはどうしてだ？

……いや、たぶん逆《ぎゃく》なんだ。たくさんの買《か》い物客《ものきゃく》のなか、章吾《しょうご》たちだけが、この薄暗《うすぐら》い地獄《じごく》ショッピングモールにつれてこられたのだ。

……だれかが俺《おれ》たちを閉《と》じこめたんだ。

そうとしか思《おも》えなかった。

あの日《ひ》、小学校《しょうがっこう》から逃《に》げだした俺《おれ》たちを狙《ねら》って、だれかが……。

章吾《しょうご》は無意識《むいしき》に、胸《むな》もとに手《て》をやっていた。

ランニングシャツの上《うえ》から着《つ》けたゼッケンをにぎりしめる。

走《はし》っていくと――調子《ちょうし》っぱずれな歌声《うたごえ》がひびいてきて、章吾《しょうご》たちは顔《かお》を見《み》あわせた。

『屋根《やね》よぉりぃ　たぁかぁい　鬼《おに》のぉぼぉりぃぃ！　大《おお》きぃいまごぃぃはぁ　鬼《おに》ぃぃさぁ

んん！』

めちゃくちゃな音程《おんてい》。ひどい歌声《うたごえ》。

聞《き》き覚《おぼ》えがある。

「――いやっ。こないでっ」

小《ちい》さな女《おんな》の子《こ》が、走《はし》って逃《に》げている。

そのうしろを、蜘蛛《くも》のような脚《あし》と牛《うし》の頭《あたま》を持《も》った鬼《おに》――牛鬼《ぎゅうき》が、歌《うた》いながら追《お》いかけている。

「あのオンチ鬼《おに》っ！　ここにもいたのかよっ」

「どうしよう！」

「まかせろ」

章吾《しょうご》はデイパックからゴルフクラブをとりだし、かまえた。スピードをあげ、あっという間《ま》に女《おんな》の子《こ》と牛鬼《ぎゅうき》のあいだにすべりこむ。

牛鬼《ぎゅうき》が爪《つめ》をのばしてくるのをかわして、跳《と》びあがった。

グルッと半回転《はんかいてん》して着地《ちゃくち》。

背後《はいご》をとると、力《ちから》いっぱいゴルフクラブをフルスイング。

――ギエエエエエェェェェッ

悲鳴《ひめい》をあげて牛鬼《ぎゅうき》はたおれこんだ。

章吾《しょうご》はキュッ、とブレーキをかけた。

和也《かずや》と孝司《こうじ》が追《お》いついてきた。

ぜぇぜぇ息《いき》をきらしている。

「……金谷《かなや》くん、以前《いぜん》インラインスケート、やってたの？　すごい速《はや》さ」

「ジャンプできるとかすげーな。オレも以前《いぜん》練習《れんしゅう》したことあるけど、むずかしくてできなかったぜ」

「……いや？　見《み》るのもはじめてだ。やれるかなと思《おも》ってやったら、できただけだ。それより、女《おんな》の子《こ》は？」

あたりを見《み》まわしながら、章吾《しょうご》はこたえた。

和也《かずや》と孝司《こうじ》が顔《かお》を見《み》あわせた。

「へぇぇ」「ほぉぉ」「そうですかぁぁ」「はじめてですかぁぁ」と、章吾《しょうご》の頭《あたま》をぐりぐりしはじめる。おまえら、なんなんだ。

女《おんな》の子《こ》は少《すこ》しいったところにある鉢植《はちう》えのかげに、ひざをかかえてかくれていた。たぶん、まだ小学校《しょうがっこう》にもあがっていない歳《とし》だ。アニメキャラクターのシャツにスカート姿《すがた》。

「おい、どうした？　ここでなにしてる？」

章吾《しょうご》が声《こえ》をかけても、顔《かお》をあげない。

「保護者《ほごしゃ》は？　いま、このショッピングモールは危険《きけん》なんだ。さっきみたいな鬼《おに》がたくさん、うろついてる。おまえみたいな子供《こども》、すぐに捕《つか》まって食《く》われちまうぞ」

「……おにーちゃん……」

女《おんな》の子《こ》はつぶやいて、ようやく顔《かお》をあげた。

ぽろぽろと、涙《なみだ》を流《なが》している。

げ、と思《おも》った。泣《な》いてる女《おんな》の子《こ》とか、超《ちょう》ニガテなのだ。

女《おんな》の子《こ》は章吾《しょうご》の服《ふく》のすそを、ぎゅっとにぎった。泣《な》きながら、おにーちゃん、おにーちゃん……とくりかえしている。

「……こういう場合《ばあい》、どうすればいいと思《おも》う？」

章吾《しょうご》はこまりはてて、和也《かずや》と孝司《こうじ》をふりかえって訊《き》いた。

「泣《な》いてる女《おんな》の子《こ》をあやすのって、どうすんだ？　俺《おれ》、いつも失敗《しっぱい》するんだ」

和也《かずや》と孝司《こうじ》は、うーむ？　と腕組《うでぐ》みし、しばらく考《かんが》えこんだ。

それから、指《ゆび》をたて、

「ぎゅっと抱《だ》きしめて愛《あい》をささやく」

「真実《しんじつ》の愛《あい》のキスをする」

「……おまえらに訊《き》いた俺《おれ》がバカだった」

章吾《しょうご》は2人《ふたり》をはたきたおした。

それを見《み》て、女《おんな》の子《こ》はようやく泣《な》きやんで、少《すこ》しだけ笑《わら》った。

……まあ、結果《けっか》オーライ、ってやつだ。

2

左足首《ひだりあしくび》からズキリと痛《いた》みが走《はし》って、大翔《ひろと》は顔《かお》をしかめた。

「どうしたの？　大翔《ひろと》」

「……なんでもないよ」

馬頭鬼《ばずき》から逃《に》げるときにひねった足首《あしくび》は、エレベーターの落下《らっか》で悪化《あっか》したみたいだ。ズキズキと痛《いた》みを主張《しゅちょう》してくるのを無視《むし》して、大翔《ひろと》は歩《ある》く。

地下《ちか》1階《かい》、食品《しょくひん》売《う》り場《ば》。

だだっぴろいフロアのなかに、たくさんの食材《しょくざい》がつめこまれている。

肉《にく》、魚《さかな》のパックに、冷凍食品《れいとうしょくひん》の袋《ふくろ》。コロッケやフライのお惣菜《そうざい》。

ずらりとならんだジュースの缶《かん》、ペットボトル、酒瓶《さかびん》。

ポテトチップスにチョコレート。焼《や》きたてのパン。試食《ししょく》コーナーでボイルされたウインナー……。

「ここも、だれもいないね……」

何百人分《なんびゃくにんぶん》もの食材《しょくざい》をかかえこんだまま、フロアは眠《ねむ》ってるみたいにしずまりかえっている。

「結衣《ゆい》！　いないか!?」

大翔《ひろと》はさけんだ。

「結衣《ゆい》ーっ！　どこにいるんだーっ！」

………。

返事《へんじ》はない。

『ぴんぽんぱんぽん。ご来店《らいてん》のお客《きゃく》さまにお知《し》らせいたします。』

アナウンスが流《なが》れてきて、３人《にん》は身《み》がまえた。

このショッピングモールの放送《ほうそう》は、ろくなことを伝《つた》えないのだ。

『ただいまより、日《ひ》ごろのご愛顧《あいこ》に感謝《かんしゃ》して、10分間《ぷんかん》のタイムセールを実施《じっし》いたします。地下《ちか》1階《かい》、食品《しょくひん》売《う》り場《ば》におあつまりください。』

地下《ちか》1階《かい》食品《しょくひん》売《う》り場《ば》……ここじゃないか。

こんどはなんなの……と悠《ゆう》がつぶやいて、おろおろまわりを見《み》まわした。

『タイムセールの10分間《ぷんかん》は、品物《しなもの》を全品《ぜんぴん》無料《むりょう》にてご提供《ていきょう》いたします。現在《げんざい》、食品《しょくひん》売《う》り場《ば》にある食品《しょくひん》、そして、いる食品《しょくひん》を、無料《むりょう》にてお召《め》しあがりいただけます。

どなたさまも心《こころ》ゆくまでお楽《たの》しみくださいませ。』

「た、食《た》べていいってよ。これ全部《ぜんぶ》、無料《むりょう》で……」

フロアにずらりとならんだ商品《しょうひん》をしめして、悠《ゆう》がいう。

「すごいサービスだね……。ぼ、ぼく、このショッピングモールのファンになっちゃいそう……」

「……食品《しょくひん》売《う》り場《ば》にある食品《しょくひん》。そして、〝いる〟食品《しょくひん》」

葵《あおい》がいった。

「うう、アオイ……。そこ、聞《き》かなかったことにしようよ……。きっとそんなこと、いわなかったんだ……」

「食品《しょくひん》売《う》り場《ば》にある食品《しょくひん》」

葵《あおい》はならんだ食材《しょくざい》を指《ゆび》さした。

「そして……〝いる〟食品《しょくひん》」

自分《じぶん》たちを指《ゆび》さす。あー、あー、聞《き》かないよー、と悠《ゆう》は耳《みみ》をふさいで目《め》をつぶっている。

いやなことは見《み》ない、聞《き》かない、が悠《ゆう》の信条《しんじょう》だ。

――ドドドドド
天井《てんじょう》がゆれた。

床《ゆか》を振動《しんどう》がひびきわたってくる。

「な、なに、この音《おと》……。いや、聞《き》かなかった……っ」

「かくれるぞっ」

大翔《ひろと》はすばやく周囲《しゅうい》を見《み》まわした。

このままここにいるのはまずいと、本能《ほんのう》が告《つ》げている。

「あそこにっ！」

売《う》り場《ば》のすみっこの、テーブルコーナーが目《め》にはいった。

ならんだ長机《ながづくえ》の下《した》に、ちょうどかくれられそうなスペースがある。

あそこならめだたないし、テーブルクロスをかぶせれば、完全《かんぜん》に身《み》をかくせそうだ。

「だめだっ」

かけだそうとした大翔《ひろと》の腕《うで》をひっぱって、悠《ゆう》がストップをかけた。大翔《ひろと》は、え？　とふりかえった。

「あそこはだめだ、ヒロト。べつの場所《ばしょ》のほうがいいよ」

「……なんでだよ。よさそうなのに」

大翔《ひろと》は首《くび》をひねった。

でっかいゲーム機《き》や家具《かぐ》のあるフロアとちがって、食品売《しょくひんう》り場《ば》でかくれられそうな場所《ばしょ》は少《すく》ない。あそこのほかは、レジカウンターのついたてのかげとか、商品台《しょうひんだい》に山《やま》と積《つ》まれたオレンジの下《した》とか。

ついたてのかげは、すぐに見《み》つかってしまいそうだし、鬼《おに》たちはきっと食材《しょくざい》に押《お》し寄《よ》せてくる。なるべくはなれていたほうがいいと思《おも》う。

テーブルコーナーが、一番《いちばん》じゃないか？

「なんだか、いやな予感《よかん》がするんだ……。あそこにかくれたくないよ」

大翔《ひろと》はごくりとつばをのんだ。

悠《ゆう》は怖《こわ》がりだけど、そのぶん直感《ちょっかん》がするどいところがあるのだ。牙《きば》も爪《つめ》も持《も》たない小動《しょうどう》物《ぶつ》が、敏感《びんかん》に危機《きき》を察知《さっち》するみたいに。

「でも……じゃあ、どこへ？」

「……あそこはどう？」

悠《ゆう》が指《さ》したのは、生鮮食品《せいせんしょくひん》コーナーの一角《いっかく》だった。棚《たな》には、納豆《なっとう》のパックや豆腐《とうふ》、こんにゃくなんかがならんでいる。

棚《たな》の前《まえ》に台《だい》があって、その下《した》のスペースを悠《ゆう》は指《ゆび》さしている。

正直《しょうじき》、ないだろと思《おも》った。かくれ場所《ばしょ》はせまいし、身動《みうご》きがとれない。食材《しょくざい》がならんだど真《ま》ん中《なか》だし、なにより棚《たな》の前《まえ》まで近《ちか》づいてこられたら、まる見《み》えになるのだ。

……足音《あしおと》が近《ちか》づいてくる。

迷《まよ》っている時間《じかん》はない。

「ヒロト……」

「よし、そこにかくれようぜ」

大翔《ひろと》はうなずいた。

べつになんの確信《かくしん》もないけど、親友《しんゆう》がそうしようっていってるんだ。

大翔《ひろと》たちは台《だい》の下《した》に身《み》をかくした。体《からだ》を小《ちい》さくまるめて、体育座《たいいくずわ》りになる。ずっと昔《むかし》、スーパーでかくれんぼしてて、店員《てんいん》に怒《おこ》られたことを思《おも》いだした。

3人《にん》がかくれおえた直後《ちょくご》、フロアに鬼《おに》たちがおりてきた。階段《かいだん》から、エスカレーターから。つぎつぎ、フロアにおりたった。

——餓鬼《がき》の群《む》れだ。

「生前《せいぜん》にぜいたくをしすぎた人間《にんげん》が、鬼《おに》になったものよ。つねに飢《う》えて渇《かわ》いていて、決《けっ》して満《み》たされることがないといわれてるわ」

背丈《せたけ》は人間《にんげん》の大人《おとな》くらい。まんまると太《ふと》って、腹《はら》がでっぷりと突《つ》きだしている。

数《かず》は、10、15、20……30、40、50……100……だめだ、数《かぞ》えきれない。いったいどこから湧《わ》いてきたんだ。

餓鬼《がき》たちはならんだ食品《しょくひん》を見《み》わたして、歓喜《かんき》のおたけびをあげている。獣《けもの》のものとも人間《にんげん》のものともつかない気持《きも》ち悪《わる》い遠《とお》ぼえが、フロア中《じゅう》にひびきわたる。

フロアはあっという間《ま》に、鬼《おに》であふれかえった。

3

——ガツガツ、ガツガツ……


餓鬼《がき》たちの食欲《しょくよく》はとんでもなかった。

ものの1分《ぷん》で、たくさんあった肉類《にくるい》がすべて食《く》いつくされた。

豚《ぶた》ひき肉《にく》、牛《ぎゅう》ステーキ肉《にく》、鶏《とり》もも肉《にく》……ずらりとならんだ棚《たな》に、一斉《いっせい》に群《むら》がると、うばいあうようにむさぼっていく。

ただ、食事《しょくじ》のマナーは最低《さいてい》だった。

手《て》づかみし、生《なま》のままブチブチとかじりつく。あっという間《ま》に骨《ほね》だけにして、骨《ほね》もバリバリかみくだく。その食《た》べかすを全部《ぜんぶ》ボロボロと床《ゆか》におとしていく。

（あああ、高級《こうきゅう》サーロインを、あんなにばくばく……。ちょっとゆるせないよ。うちはバーゲンの肉《にく》しか食《た》べられないのに……）

（文化《ぶんか》のちがいを考慮《こうりょ》しても、あの食《た》べかたはひどいわ。ちょっとゆるせないわね。品《ひん》のない……）

台《だい》のすきまから様子《ようす》をうかがって、悠《ゆう》と葵《あおい》が怒《いか》りを燃《も》やす。まあ、2人《ふたり》の怒《いか》りポイントは、ちょっとちがってるみたいだけど。

あっという間《ま》に、棚《たな》はからっぽになった。所要時間《しょようじかん》1分《ぷん》。バーゲンセールのときの母《かあ》さんでも、あそこまでひどくはない……と思《おも》う。

餓鬼《がき》たちはとなりの海鮮《かいせん》コーナーに移動《いどう》した。

順番《じゅんばん》に食《た》べていくつもりだろうか。こっちにこないといいけど。

「ありがとうございまーす。ご好評《こうひょう》につき、お肉全品《にくぜんぴん》、完売《かんばい》でございまーす」

……聞《き》き覚《おぼ》えのある声《こえ》がした。

3人《にん》は顔《かお》を見《み》あわせた。

見《み》やると、群《むら》がった餓鬼《がき》たちのわきに、見覚《みおぼ》えのある鬼《おに》がたっていた。

全身《ぜんしん》をおおった、ふわふわした真《ま》っ白《しろ》な毛並《けな》み。頭《あたま》から生《は》えた2本《ほん》のツノ。つぶらな瞳《ひとみ》。背中《せなか》にはちょこんと、コウモリみたいな翼《つばさ》。

ウサギのようなその鬼《おに》は――

(ツノウサギ!?)

(なんでここに!?)

小学校《しょうがっこう》に閉《と》じこめられたとき、さんざん大翔《ひろと》たちを追《お》いつめてくれた鬼《おに》だった。かわいい姿《すがた》をしているが、ノコギリみたいな牙《きば》を持《も》っていて、イスでもなんでもガリガリかじる。

ツノウサギはいま、毛皮《けがわ》の上《うえ》に深緑色《ふかみどりいろ》のエプロンをかけて、元気《げんき》よく声《こえ》をはりあげていた。

表示価格より 8割引
レジにて 3割引
半額
アルバイト(見習い) ツノウサギ
レジにて 3割引

「いらっしゃいませー、いらっしゃいませー！　どなたさまも、ぜひぜひご賞味《しょうみ》くださいませー！　買《か》ってうれしい、食《た》べておいしい、地獄《じごく》ショッピングモールの食料品《しょくりょうひん》セールー。どうぞご利用《りよう》くださいませー！」

（……なにしてるんだ？　アイツ）

（さあ？）

大翔《ひろと》たちは台《だい》の下《した》で息《いき》を殺《ころ》したまま、顔中《かおじゅう》にハテナマークをうかべた。

タイムセール終了《しゅうりょう》まで、まだ8分《ぷん》もある。

「いらっしゃいませいらっしゃいませ、いらっしゃいませっしゃいませぇーしゃぁませぇーっしゃぁせぇーっ！　どなたさまもお気軽《きがる》にご利用《りよう》くださいませーっ」

ツノウサギはみじかい足《あし》でちょこちょこと、食材《しょくざい》の棚《たな》のあいだをうろうろ歩《ある》いている。

どうやらならんだ食材《しょくざい》に、割引《わりび》きシールを貼《は》りつけているみたいだ。『10%《パーセント》オフ』とか『3割引《わりび》き』とか。母《かあ》さんが大好《だいす》きなやつ。

注意《ちゅうい》して見《み》ると、ツノウサギのかけたエプロンの胸《むね》には、『アルバイト（見習《みなら》い）』と名《な》札《ふだ》がついていた。

(あ、アルバイト、してるっぽいね……。しかも、まだ見習《みなら》いだ)

(鬼《おに》もバイトって、するもんなのか……?)

(きっと、小学校《しょうがっこう》でぼくたちを食《た》べられなかったから、食生活貧《しょくせいかつまず》しくなっちゃったんじゃない……?)

(そんな生活《せいかつ》かかってたのかよ……)

とりあえず、ツノウサギは割引《わりび》きシール貼《は》りに夢中《むちゅう》で、こちらに気《き》づく気配《けはい》はない。餓《が》鬼《き》たちの動《うご》きを警戒《けいかい》したほうがよさそうだ。

ちょっと目《め》をはなしていたあいだに、海鮮《かいせん》コーナーも食《く》いつくされていた。高級《こうきゅう》マグロ、鯛《たい》、エビ、カニ……残骸《ざんがい》が床《ゆか》に散《ち》らばっている。

肉《にく》と魚《さかな》が品切《しなぎ》れになると、餓鬼《がき》たちはいろんなところへ散《ち》っていった。

リンゴ、バナナ、ブドウ、キウイ……フルーツコーナー。

牛乳《ぎゅうにゅう》、コーラ、オレンジジュース……飲《の》み物《もの》コーナー。

ポテトチップス、チョコ、キャンディー、マシュマロ……お菓子《かし》コーナー。

――ガツガツ、グチュベキッ、ゴクゴクッ、バキベキバリンッ

あっという間《ま》にからっぽにしていく。

(あああ、ぼくもおなかすいたよう！　少《すこ》しわけてよ～っ)

(マナーは大切《たいせつ》！　おちた物《もの》はひろう！)

悠《ゆう》と葵《あおい》は怒《いか》り心頭《しんとう》だ。

……のこり6分《ぷん》。

フロアにいっぱいあった食材《しょくざい》のうち、3分《ぶん》の1がもうなくなっている。

こうして見《み》ていると、鬼《おに》にも食《た》べ物《もの》の好《この》みってやつがあるようだ。

一番好《いちばんす》きなのは、なんといっても肉《にく》。つぎに魚介類《ぎょかいるい》。果物《くだもの》、パン、おやつとつづく。

逆《ぎゃく》に不人気《ふにんき》なのは、ブロッコリー、ピーマン、カリフラワー……緑黄色野菜《りょくおうしょくやさい》。

(野菜《やさい》をバランスよく食《た》べないから、あんな見苦《みぐる》しい体《からだ》つきになるのよ)

葵《あおい》は手《て》きびしい。

飲《の》み物《もの》は、アルコール類《るい》は避《さ》けているみたいだ。

（地獄《じごく》でも、お酒《さけ》はハタチになってから？）

悠《ゆう》が首《くび》をひねって、ビールをのむマネをする。

きのこの山《やま》は食《た》べつくしたのに、たけのこの里《さと》はのこしてる。

（おれはたけのこ派《は》）

（ぼくはきのこ派《は》）

（あたしは……っていまそれどうでもいいでしょ）

そして。

大翔《ひろと》たちのかくれた生鮮食品《せいせんしょくひん》コーナーの一角《いっかく》は、人気《にんき》0だった。

ほかの棚《たな》には、1匹《ぴき》2匹《ひき》は寄《よ》っていくのに、こっちにはさっぱり近寄《ちかよ》ってこない。

（なんで……？）

（……これのせい、なのかしら）

と、葵《あおい》が指《さ》したのは、ずらりとならんだ特売品《とくばいひん》の納豆《なっとう》パックだ。

一《ひと》つ手《て》にとり、解説《かいせつ》する。

（鬼《おに》は外《そと》――節分《せつぶん》で鬼《おに》よけとして使《つか》われるように、大豆《だいず》には霊的《れいてき》な力《ちから》が宿《やど》るとされているの。〝まめ＝魔滅《まめ》〟とかけて、魔《ま》を滅《めっ》する食《た》べ物《もの》として、ありがたがられてきた。餓鬼《がき》たち、この豆《まめ》をいやがって、寄《よ》ってこないんだと思《おも》う）

（魔《ま》を滅《めっ》する……でも、納豆《なっとう》だよ？）

3パック78円《えん》の納豆《なっとう》パックを見《み》あげて、納得《なっとく》いかなそうに悠《ゆう》がいう。

（しかも、特売品《とくばいひん》だよ？　霊的《れいてき》な力《ちから》、宿《やど》りそうにないよ？）

（きっと特売品《とくばいひん》でも、ありがたみは変《か》わらないものなのよ。むしろ、きっと、増《ま》すんだわ、ありがたみ）

そりゃ、買《か》い物客《ものきゃく》たちには、増《ま》すかもしれないけど。ありがたみ。

のこり4分《ぷん》をきった。

何匹《なんびき》かの鬼《おに》たちが、食材《しょくざい》コーナーをはなれて、すみのテーブルコーナーへ移動《いどう》した。イスに座《すわ》る。餓鬼《がき》の体重《たいじゅう》をささえきれず、イスは脚《あし》が折《お》れてつぶれた。

テーブルに座《すわ》る。これもつぶれた。

餓鬼《がき》たちはひとしきりイスとテーブルをこわして楽《たの》しむと、床《ゆか》に座《すわ》りこんだ。ブチッブチッとスルメの足《あし》をかみちぎっている。

あそこにかくれていたら、いまごろかみちぎられているのは大翔《ひろと》の足《あし》だ。持《も》つべきものは、親友《しんゆう》だ。

……あと3分《ぷん》。

だいじょうぶそうだ。

餓鬼《がき》たちはまるで近寄《ちかよ》ってこない。

このままタイムセール終了《しゅうりょう》まで、息《いき》をひそめてじっとしていれば……。

「いらっしゃいませいらっしゃいませー！　どうぞご賞味《しょうみ》くださいませーっ。こんにゃく、お豆腐《とうふ》、納豆《なっとう》などは、いかがでしょうかー？　いらっしゃいませー！」

ツノウサギがはりあげた声《こえ》に、3人《にん》はびくっとしてふりむいた。

「ただいま、納豆《なっとう》の特売《とくばい》セールを実施《じっし》しておりますー！　納豆《なっとう》は、栄養満点《えいようまんてん》ー、たんぱく質《しつ》・鉄分《てつぶん》・食物繊維《しょくもつせんい》豊富《ほうふ》ー、さらには血液《けつえき》サラサラ効果《こうか》もございますーっ。

おいしい納豆《なっとう》、おいしい納豆《なっとう》ー。この機会《きかい》にぜひ、ご賞味《しょうみ》くださいませー!」

ツノウサギは豆腐《とうふ》のパックにいそいそと半額《はんがく》シールを貼《は》りつけながら、やたら元気《げんき》よく声《こえ》をはりあげている。

やばいよ……と悠《ゆう》が青《あお》ざめた。

さいわい、餓鬼《がき》たちはまだ興味《きょうみ》をしめしていない。

ときおりちらっと顔《かお》をむけるやつもいるが、すぐにべつの食品《しょくひん》に目《め》をうつす。

ツノウサギはかまわず、

「工場《こうじょう》で、じゅうぶんに熟成《じゅくせい》しておとどけしておりますーっ。わたしなどは毎日《まいにち》かならず1パック、ごはんと一緒《いっしょ》にいただいておりますーっ。納豆《なっとう》、納豆《なっとう》ぉー、おいしい納豆《なっとう》ぉー。ぜひぜひ、ご賞味《しょうみ》くださいませぇー!」

(……やっぱり豆《まめ》は関係《かんけい》なかったみたいね。増《ま》してなかったわ、ありがたみ)

（その話《はなし》はもういいよ！　それより、あいつ、だまらせないとやばいよ！　餓鬼《がき》が寄《よ》ってきちゃうよ！）

（ていうか、なんであんなに納豆《なっとう》推《お》しなんだあいつ！　あのこだわりいらねぇよ！）

「納豆《なっとう》ー、納豆《なっとう》ー、おいしい納豆《なっとう》～ぅ」

大翔《ひろと》たちのひそかな猛抗議《もうこうぎ》もむなしく、ツノウサギは納豆《なっとう》を勧《すす》めつづけている。

（ていうか、やばい！）

シールを貼《は》りつけながら、ゆっくりこちらへ近《ちか》づいてくる！

3人《にん》は息《いき》を殺《ころ》して、身《み》をちぢこまらせた。

そばまでくれば、すぐに見《み》つかってしまう。

そうして仲間《なかま》を呼《よ》ばれたら、大勢《おおぜい》の餓鬼《がき》に群《むら》がられて終《お》わりだ！

あと1分《ぷん》ちょっと！

「いらっしゃいませー。いらっしゃいませー！　なんでもそろう、地獄《じごく》ショッピングモールー。買《か》ってうれしい、食《た》べておいしいー。

「どなたさまもお気軽《きがる》にご利用《りよう》――」

ペタリと納豆《なっとう》のパックに半額《はんがく》シールを貼《は》りつけて――
ツノウサギが、のほほんとこちらをふりむいた。
……かくれていた大翔《ひろと》たちと、目《め》があった。

「……いらっしゃいませー……？」

ツノウサギはしばらく、ぽかんとしていた。
あれ、なんだっけ、この食材《しょくざい》、どっかで見《み》たような……みたいな顔《かお》で、じーっと大翔《ひろと》たちを見《み》つめている。

「――お、おまえらっ」

ガバリと口《くち》をひらいた。
口《くち》のなかには、ギザギザの牙《きば》が、びっしりと生《は》えそろっている。二《ふた》またにわかれた舌《した》がチロチロゆれる。

「人間《にんげん》────むぎゅうううっ」

3人一斉《にんいっせい》に、つかんだ納豆《なっとう》パックの束《たば》を、ツノウサギの口《くち》にムリやり押《お》しこんだ。

大翔《ひろと》はすばやくトレーナーを脱《ぬ》いだ。

ツノウサギのうしろにまわりこみ、強引《ごういん》に口《くち》を押《お》さえこむと、台《だい》の下《した》にひっぱりこんだ。

「むぐっ──もぐっ──き、きさまら──もぐっ──こんなことをして──むぐっ──無《ぶ》事《じ》ですむと──もぐっ」

くっちゃくっちゃくっちゃ……めちゃくちゃ納豆《なっとう》をかみながら、ツノウサギがじたばたとあばれる。

大翔《ひろと》と悠《ゆう》はトレーナー越《ご》しに、懸命《けんめい》にツノウサギを押《お》さえこんだ。ガタガタと台《だい》がゆれて音《おと》をたてる。不審《ふしん》そうに目《め》をむける餓鬼《がき》がいる。

たのむ。しずかにしてくれ。あともうちょっとだけでいいから──

「キャッ、キャキャ──だ、だれかっ……ここにっ……！　人間《にんげん》がっ……っ！　納豆《なっとう》を……！　捕《つか》まえっ……！　口《くち》がネバネバするっ……！」

ツノウサギはめちゃくちゃにあばれて仲間《なかま》を呼《よ》ぼうとしている。

あとどれくらいだ？

ビリッベリッビリッ――

トレーナーをかみさかれた。

牙《きば》をむきだしにしたツノウサギに、大翔《ひろと》と悠《ゆう》はおもわず飛《と》びすさった。

しまった――。

ツノウサギが大口《おおぐち》をあける。

「おい、餓鬼《がき》ども！」

「ここに、人《にん》――――」

声《こえ》をかぎりにさけぼうとしたツノウサギの頭上《ずじょう》に……影《かげ》がさした。

葵《あおい》がぬうっと、手《て》をのばしたのだ。

その手《て》ににぎりしめているのは……石斧《いしおの》。

アミューズメントエリアでひろったやつだろう。持《も》ち歩《ある》いてたのか。女子《じょし》の持《も》ち物《もの》じゃねえ。

「……しずかにして☆」

葵《あおい》は、こつん、と石《いし》の部分《ぶぶん》で、かるくツノウサギのツノをたたいた。

ヒイッとツノウサギは総毛《そうけ》だってふるえた。

ついでに大翔《ひろと》と悠《ゆう》もふるえた。

葵《あおい》は石斧《いしおの》をにぎりしめたまま、天使《てんし》のようににっこり笑《わら》った。

「……しずかにしないと、これでツノ、ぶったたいちゃうから☆」

4

『ただいまをもちまして、タイムセールは終了《しゅうりょう》とさせていただきます。ひきつづき、地獄《じごく》ショッピングモールでのすてきなひとときをお楽《たの》しみくださいませ。』

餓鬼《がき》たちが去《さ》っていくのははやかった。

食《く》いかけの食料品《しょくりょうひん》をほうり捨《す》てると、もう用《よう》はないとばかりに、階段《かいだん》やエスカレーターをのぼってひきあげていく。

大量《たいりょう》の食《た》べカスが散乱《さんらん》して、めちゃくちゃになったフロアがのこった。

「……いや、おまえら、いきなりなにすんのよ……」

餓鬼《がき》たちが全員《ぜんいん》いなくなったのを確認《かくにん》すると、葵《あおい》は石斧《いしおの》をおろした。あたし女《おんな》の子《こ》だからこんな重《おも》いもの持《も》てないわ……ってつぶやいてる。ウソつくなよ。

解放《かいほう》されたツノウサギは、はあっと深《ふか》いため息《いき》をついた。

パタパタと翼《つばさ》をゆらして、迷惑《めいわく》そうに3人《にん》を見《み》あげた。

「勝手《かって》に納豆食《なっとうく》わすわ、服《ふく》でしばるわ、斧《おの》でおどすわ。ひどすぎるだろ。親《おや》や学校《がっこう》は、どういう教育《きょういく》してんの？　まったく……」

「……鬼《おに》に教育《きょういく》についていわれたくないけど……」

「あーもう……口《くち》が納豆《なっとう》くさい……」

長《なが》い舌《した》をちろちろと動《うご》かし、牙《きば》のあいだにはさまった食《た》べカスをとる。

パンパンとエプロンのしわをのばして、名札《なふだ》の位置《いち》をなおした。

身《み》がまえたままの3人《にん》を見《み》あげ、めんどうくさそうに首《くび》をふる。

「警戒《けいかい》しなくても、ショッピングモールの品物《しなもの》に手《て》をだすほど、オレは命知《いのちし》らずじゃない」

散《ち》らかったフロアを見《み》まわした。

「ていうか、仕事《しごと》でいそがしい。くそ、餓鬼《がき》ども、散《ち》らかしやがって。——ほら、どいたどいた、ジャマジャマ」

大翔《ひろと》たちを押《お》しのけると、よいしょと毛《け》のなかからホウキとチリトリをとりだす。食《た》べカスの散《ち》らばった床《ゆか》を、せっせと掃除《そうじ》しはじめた。

「……なあ。訊《き》きたいんだけど。結衣《ゆい》がどこにいるか、知《し》らないか？」

大翔《ひろと》がいうと、ツノウサギはめんどうくさそうにふりかえった。

不機嫌《ふきげん》そうに、

「オレのいったこと、聞《き》いてた？」

「え？」

「仕事《しごと》でいそがしい。サボってると、怒《おこ》られんの。鬼《おに》づかい荒《あら》いんだ、地獄《じごく》ショッピングモールは……」

『ぴんぽんぱんぽん。業務連絡《ぎょうむれんらく》、業務連絡《ぎょうむれんらく》。地下《ちか》1階食品《かいしょくひん》売《う》り場《ば》担当《たんとう》は、すみやかに掃除《そうじ》を完了《かんりょう》してください。ぴんぽんぱんぽーん。』

「ほらぁー」

ツノウサギは、めんどくせえなぁといいつつ、せっせとホウキを動《うご》かしている。

「おれの妹《いもうと》なんだ。さがしてるんだ」

「へー」

「まだ小《ちい》さいんだ。今朝《けさ》はアニメキャラのシャツを着《き》てた。5歳《さい》。見《み》かけなかったか？」

「ふーん」

完全《かんぜん》に生返事《なまへんじ》だ。

悠《ゆう》と葵《あおい》が顔《かお》を見《み》あわせ、肩《かた》をすくめた。

いこう。

大翔《ひろと》はしかたなく、背中《せなか》をむけた。

「なんでさがしてんの？」

ツノウサギが訊《き》いた。

「助《たす》けにいかなきゃ」

「なんで？」

「だって、まだ小《ちい》さいんだ」

「だから？」

「おれが守《まも》ってやんないと……」

「なんで？」

「なんでって……だって、きょうだいなんだ」

ツノウサギは、あー、もう、と首《くび》をふってホウキをしまうと、こんどは掃除機《そうじき》をとりだした。

床《ゆか》にかけながら、

「〝自分以外《じぶんいがい》は全部他人《ぜんぶたにん》〟。それが地獄《じごく》の常識《じょうしき》だ。きょうだい？　それウマい？　そいつ助《たす》けると、おまえにどんな得《とく》があるの？」

「…………」

「おまえになんかしてくれんの？　食《く》い物《もの》か金《かね》でもくれんの？　やさしくしてくれんの？

ジャマじゃないの？　いないほうがお菓子《かし》もおもちゃも増《ふ》えたりしない？　親《おや》がかまってくれるようになったりしないの？　そこんとこどうよ？」

ツノウサギは掃除機《そうじき》をかけながら、フンフンと鼻歌《はなうた》を歌《うた》っている。

大翔《ひろと》はだまりこんだ。

「自分以外《じぶんいがい》は全部他人《ぜんぶたにん》。きょうだいだって、おんなじさあ。親《おや》ならまだ得《とく》はあるが、きょうだいなんて、ジャマなだけ」

掃除機《そうじき》を止《と》めると、大翔《ひろと》を見《み》あげた。

「だからほうっておけよう、妹《いもうと》なんて。よけいなさがし物《もの》とかしてると、馬頭鬼《ばずき》あたりに見《み》つかっちまうぜぇ？　あいつ、執念深《しゅうねんぶか》いから」

翼《つばさ》をパタパタとゆらして、キャキャキャキャと笑《わら》っている。

『ぴんぽんぱんぽん。掃除《そうじ》……』

「わかった。わかりました」

また掃除機《そうじき》のスイッチをいれると、床《ゆか》にかけはじめる。

このフロアに妹《いもうと》はいないみたいだ。

大翔《ひろと》たちはツノウサギをのこして、地下《ちか》1階《かい》をはなれた。

「あれ。地獄《じごく》の常識《じょうしき》……じゃなくて、現世《げんせ》の常識《じょうしき》のほうだっけ？」

ツノウサギが首《くび》をひねった。

5 大《だい》脱《だっ》走《そう》／1階《かい》レストラン・ファッションフロア

1

階段《かいだん》をあがると、ショッピングモール1階《かい》にでた。
全面《ぜんめん》ひらけたふきぬけのフロアになっていて、手《て》すり越《ご》しに4階《かい》まで見《み》とおせる。
幅《はば》のひろい通路《つうろ》に、たくさんのショップがならんでいる。
おしゃれなカフェ。ハンバーガーショップ。まだあまいにおいのただようクレープ屋《や》。
お菓子屋《かしや》。土産物屋《みやげものや》。旅行《りょこう》カウンター……。
「結衣《ゆい》ーっ！」

妹《いもうと》の姿《すがた》はどこにも見《み》あたらない。

夕暮《ゆうぐ》れのような光《ひかり》が射《さ》しこみ、床《ゆか》に濃《こ》い影《かげ》をおとす。噴水《ふんすい》から流《なが》れる水《みず》が、血《ち》のように赤《あか》く染《そ》まっている。

大翔《ひろと》の声《こえ》が、だだっぴろいフロアに、どこまでもむなしくひびきわたっていく。

「結衣《ゆい》ー、返事《へんじ》しろよーっ！」

大翔《ひろと》は、だんだん頭《あたま》がぼんやりしてきた。

左足《ひだりあし》が腫《は》れあがってきている。それと一緒《いっしょ》に、体《からだ》まで熱《ねつ》っぽくなってきたみたいだ。ふらふらする。

「……大翔《ひろと》、ちょっと休《やす》まない？」

遠慮《えんりょ》がちに、葵《あおい》がいった。

でも、休《やす》んでいるヒマなんかない。

「結衣《ゆい》ーっ！」

大翔《ひろと》はふと、昔《むかし》、結衣《ゆい》が迷子《まいご》になったときのことを思《おも》いだした。

39

＊

結衣《ゆい》がいまよりも、もっと小《ちい》さかったころのことだ。

家族《かぞく》3人《にん》で、海《うみ》にでかけたことがあった。

真夏《まなつ》の海《うみ》。晴《は》れわたった空《そら》。人《ひと》でごったがえした砂浜《すなはま》。

ひさしぶりの家族旅行《かぞくりょこう》で、大翔《ひろと》はすっかりはしゃいでしまった。

それで、失敗《しっぱい》した。

ちょっと買《か》い物《もの》にいってくるから、結衣《ゆい》をおねがいね……母《かあ》さんにたのまれたのに、つい目《め》をはなして、砂浜《すなはま》で遊《あそ》んでいたのだ。

そのちょっとのすきに、結衣《ゆい》はいなくなっていた。

母《かあ》さんは真《ま》っ青《さお》になって、結衣《ゆい》をさがして走《はし》りまわった。誘拐《ゆうかい》されたんじゃないか、警《けい》察《さつ》を……大人《おとな》たちが深刻《しんこく》な顔《かお》で相談《そうだん》している。

大翔《ひろと》は浜辺《はまべ》を走《はし》りまわった。

自分《じぶん》のせいだって思《おも》った。

目《め》をはなしたからとかじゃない。

妹《いもうと》なんてほしくなかった。

結衣《ゆい》が生《う》まれてから、ことあるごとに、そんなことを思《おも》っていた。

だからきっと、神様《かみさま》が、結衣《ゆい》をどこかへやっちゃったんだ。……そう思《おも》った。

結衣《ゆい》の名前《なまえ》をさけんで、大翔《ひろと》は走《はし》りまわった。

夕暮《ゆうぐ》れになっても、結衣《ゆい》は見《み》つからなかった。

＊

「……ねえ、大翔《ひろと》。やっぱり休《やす》みましょ？　顔《かお》が熱《ねっ》っぽいわ」

少《すこ》し強《つよ》い口調《くちょう》で、葵《あおい》がいった。

「足《あし》、痛《いた》めてる。よくないわ」

「うん。あまりムリしたらだめだよ。あそこのアイスクリーム屋《や》で休《やす》もうよ。アイス食《た》べたいしさ」

冗談《じょうだん》めかして悠《ゆう》がいう。

「いや、だいじょうぶだよ」

大翔《ひろと》は首《くび》をふった。

ぐっと親指《おやゆび》をたてて、左足《ひだりあし》をしめしてみせる。

「足《あし》も、ぜんぜん、なんともないしさ」

「――えいっ」

葵《あおい》にペシッとたたかれて、思《おも》わず涙目《なみだめ》になって左足《ひだりあし》をかかえた。

「ほら、強《つよ》がり。男子《だんし》ってこれだからメンドーなのよね。さ、休《やす》みましょ」

「アオイ、容赦《ようしゃ》なさすぎるよ……。ぼくもやりたかったけど、ガマンしたのに……」

好《す》き勝手《かって》いう2人《ふたり》に、大翔《ひろと》はうなだれる。

「はやく見《み》つけないといけないんだ。あいつ、鬼《おに》に見《み》つかって食《く》われちまう」

「でも……」

「2人《ふたり》とも知《し》らないだろ。結衣《ゆい》、走《はし》るの、すげえおそいんだ。保育園《ほいくえん》の運動会《うんどうかい》でもビリばっかなんだ。年少《ねんしょう》のころから、ずっとだぜ。そもそも歩《ある》けるようになるまでだって、ほかの子《こ》よりおそかったくらいなんだ」

結衣《ゆい》がはじめて歩《ある》いた日《ひ》のことを思《おも》いだした。

母《かあ》さんが結衣《ゆい》にかまけて自分《じぶん》をかまってくれなくなって、大翔《ひろと》がすねていたころのこと。遊《あそ》びにでかけようと玄関《げんかん》で靴《くつ》ひもをむすんでいたら、結衣《ゆい》がハイハイして寄《よ》ってきたのだ。

大翔《ひろと》の服《ふく》のすそをぎゅっとつかんで、たちあがった。

にーに、と舌《した》たらずにいって笑《わら》うと、大翔《ひろと》を追《お》いかけるように1歩《ぽ》、歩《ある》いた。

直後《ちょくご》にころんで、大泣《おおな》きした。

「……はじめて歩《ある》いたの、そんな感《かん》じなんだ。運動《うんどう》オンチなんだよ。鬼《おに》なんかに見《み》つかったら、逃《に》げきれなくて、すぐに捕《つか》まって食《く》われちまうよ」

それに、体力《たいりょく》もねぇんだよ——大翔《ひろと》はしゃべりつづける。文句《もんく》ばかりでてくる。

「どっかにでかけたら、すぐにさ。もう歩《ある》けないおぶってって、ぐずりだすんだよ」

一緒《いっしょ》にでかけると、いつもそうだ。おにーちゃん、つかれた。おにーちゃん、おんぶ。

……ワガママばっかり。

根負《こんま》けしてしかたなくおぶってやると、結衣《ゆい》は大翔《ひろと》の肩《かた》につかまって、安心《あんしん》したように寝息《ねいき》をたてはじめる。

「グズで。泣《な》き虫《むし》で。わがままで。あまったれで。……ほんと、どうしようもない妹《いもうと》なんだよ」

文句《もんく》をならべながら、大翔《ひろと》はなんだか、泣《な》きたくなってきた。


あの日《ひ》、結衣《ゆい》を見《み》つけたのは、結局《けっきょく》、浜辺《はまべ》のすぐ近《ちか》くの岩場《いわば》のかげだった。

大翔《ひろと》が見《み》つけたとき、結衣《ゆい》は岩《いわ》の上《うえ》に寝《ね》そべって、幸《しあわ》せそうに寝息《ねいき》をたてていた。

大翔《ひろと》は腹《はら》がたった。

なんだよ、こんなところで眠《ねむ》りやがって。

どんどんムカついてきた。

結衣《ゆい》、起《お》きろよ。みんな、さがしてたんだぞ。バカ。

……肩《かた》をゆすって呼《よ》びかけると、結衣《ゆい》はようやく目《め》をあけた。

起《お》こしたのが大翔《ひろと》だとわかると、まだ眠《ねむ》たそうにまぶたをこすりながら、はい、と大翔《ひろと》の手《て》になにかを押《お》しつけてきた。

貝殻《かいがら》だった。

きれいな貝《かい》が、たくさん。

プレゼントだよ、と結衣《ゆい》は胸《むね》をはった。おにーちゃんに。たくさんあつめたの。

怒《おこ》りたかったのに、それで大翔《ひろと》は、怒《おこ》れなくなってしまう。ずるい。

おにーちゃん、だいすき。

結衣《ゆい》はそういって、にっこり笑《わら》った。

2

ヒヒィイイイ――――――――ン！

声《こえ》がひびきわたり、3人《にん》は飛《と》びあがった。

ふりむくと、4階《かい》の手《て》すりのわきに馬頭鬼《ばずき》がたっていた。

左手《ひだりて》にショッピングモールの紙袋《かみぶくろ》を持《も》ち、手《て》すりから身《み》を乗《の》りだして、こちらを見《み》おろしている。

「しつっこい鬼《おに》ね……」

葵《あおい》が毒《どく》づく。

「だ、だいじょうぶだよね。上《うえ》の階《かい》だし……」

不安《ふあん》そうに、悠《ゆう》。

馬頭鬼《ばずき》は紙袋《かみぶくろ》に手《て》をつっこんだ。

とりだしたのは、2丁《ちょう》の銃《じゅう》。

黒光《くろびか》りする箱《はこ》のような銃《じゅう》と、おもちゃのようにカラフルな銃《じゅう》を、両手《りょうて》にかまえた。

箱《はこ》のような銃《じゅう》は……**【商品《しょうひん》No《ナンバー》.3 〝サブマシンガン〟】**。

「ほんとなんなんだよっ。このショッピングモールっ！」

――パラララララララ

馬頭鬼《ばずき》がひき金《がね》をひいた。

ミシンみたいな音《おと》がひびきわたった。

雨《あめ》みたいに弾丸《だんがん》がばらまかれる。床石《ゆかいし》にあたって跳《は》ねかえる。大翔《ひろと》たちは床《ゆか》にふせ、頭《あたま》をかかえて祈《いの》るしかない。

弾《たま》のきれたサブマシンガンをほうり捨《す》てると、馬頭鬼《ばずき》は手《て》すりから身《み》を乗《の》りだした。

紙袋《かみぶくろ》からとりだしたのは、**【商品《しょうひん》No《ナンバー》．2 〝パラシュート〟】**。

手《て》すりを飛《と》び越《こ》えた。

空中《くうちゅう》でボンッとパラシュートをひろげ、ふわりと1階《かい》に着地《ちゃくち》する。

「執念深《しゅうねんぶか》すぎだよう！」

「逃《に》げろ！　ばらけるぞ！」

3人《にん》はバラバラに走《はし》りだした。

馬頭鬼《ばずき》はひざを折《お》りたたむと……一気《いっき》にのばして床《ゆか》をけった。
体《からだ》にバネでもはいってるみたいに、空中高《くうちゅうたか》く跳躍《ちょうやく》する。
宙《ちゅう》でぐるっと一回転《いっかいてん》して――葵《あおい》の前《まえ》に着地《ちゃくち》した。
カラフルな銃《じゅう》のひき金《がね》をひく。
「――きゃっ」
バシュンとゴムネットが発射《はっしゃ》されて、葵《あおい》の体《からだ》におおいかぶさった。
【商品《しょうひん》No《ナンバー》．4 〝ゴムネット銃《じゅう》〟】。
「ちょっと！ だしてよ！」
葵《あおい》はネットに捕《つか》まってもがいている。
馬頭鬼《ばずき》はヒヒッと鼻《はな》で笑《わら》った。
――ヒュンッ
矢《や》が飛《と》んだ。
馬頭鬼《ばずき》をはずれて、あさっての方向《ほうこう》へ飛《と》んでいく。
ポチャリ、と噴水《ふんすい》のなかにおちる。

「……う、うん。わかってた」

弓《ゆみ》をひいた体勢《たいせい》のまま、悠《ゆう》が口《くち》もとをひきつらせる。

「ゲームでうまくても……やっぱ、ダメだよね……」

馬頭鬼《ばずき》がゴムネット銃《じゅう》のひき金《がね》をひく。

悠《ゆう》もミノムシみたいに床《ゆか》にころがった。

「葵《あおい》！　悠《ゆう》っ！」

捕《つか》まえた2人《ふたり》をそのままに、馬頭鬼《ばずき》が大翔《ひろと》にむきなおった。

大翔《ひろと》は背《せ》すじに鳥肌《とりはだ》がたった。

【商品《しょうひん》No《ナンバー》．1　〝金棒《かなぼう》〟。
鬼《おに》に金棒《かなぼう》。強《つよ》いものがなにかを得《え》て、さらに強《つよ》くなることのたとえ。無敵《むてき》。威力《いりょく》・高《こう》】

無数《むすう》のトゲの生《は》えた巨大《きょだい》な金棒《かなぼう》。

紙袋《かみぶくろ》からとりだし、肩《かた》にかつぐと、馬頭鬼《ばずき》は大翔《ひろと》のほうへ歩《ある》いてくる。

その顔《かお》は、口《くち》の部分《ぶぶん》がゆがみ、歯《は》をむきだしにして……笑《わら》っている。

(餓鬼《がき》どもとちがって、馬頭鬼《ばずき》はグルメなんだ)

ツノウサギがいっていた。

(人間《にんげん》の肉《にく》っていうのは、そいつが恐怖《きょうふ》を感《かん》じるほど、うまみがでて味《あじ》がよくなるもんだ。よく怖《こわ》がらせた肉《にく》はコクがでて、まろやかな舌《した》ざわりになる。だから馬頭鬼《ばずき》は、いただく前《まえ》に、獲物《えもの》をきっちりいたぶるのさ)

1歩《ぽ》、1歩《ぽ》、馬頭鬼《ばずき》は歩《ある》いてくる。

走《はし》ろうとしない。ゆっくり獲物《えもの》を追《お》いつめる。

背中《せなか》をむけたら殺《ころ》される——直感《ちょっかん》でわかった。大翔《ひろと》は、ゆっくりうしろへさがっていく。

鬼《おに》ごっこのCM《シーエム》が頭《あたま》にうかんだ。

逃《に》げる子供《こども》に、背後《はいご》から飛《と》びかかる馬男《うまおとこ》。

捕《つか》まえた子供《こども》を、みるみる食《く》いちぎるところ。

大翔《ひろと》は、背中《せなか》に硬《かた》い感触《かんしょく》を感《かん》じて止《と》まった。

壁《かべ》だ。

右《みぎ》か、左《ひだり》へ――。

影《かげ》がおちた。

顔《かお》をあげると、目《め》の前《まえ》に馬頭鬼《ばずき》がたって、にやにや笑《わら》って大翔《ひろと》を見《み》おろしていた。

CM《シーエム》の子供《こども》が、大翔《ひろと》の姿《すがた》に変《か》わった。ガイコツになってあいさつしている自分《じぶん》の姿《すがた》。

こめかみを冷《ひ》や汗《あせ》が伝《つた》いおちた。

馬頭鬼《ばずき》は金棒《かなぼう》をかるくふるった。

大翔《ひろと》の額《ひたい》にピタリとあてた。

額《ひたい》に冷《つめ》たい金属《きんぞく》の感触《かんしょく》。わずかにトゲが食《く》いこんで、血《ち》が伝《つた》いおちる。

またふるった。こんどは強《つよ》く。

大翔《ひろと》の肩《かた》の上《うえ》の壁《かべ》に、ひびがはいった。

がくがくと足《あし》がふるえはじめた。ちきしょう、いまのおれ、食《く》ったらめちゃくちゃうまいぞ――

馬頭鬼《ばずき》は、ふるえる大翔《ひろと》をじっと見《み》ている。鉄板《てっぱん》の上《うえ》にのせた肉《にく》が、おいしく焼《や》けるのをじっと待《ま》ってるみたいな目《め》。

ジュウジュウジュウ……。

恐怖《きょうふ》で肉《にく》にうまみがひろがり、獲物《えもの》が動《うご》けなくなったら、食《た》べごろだ。

がくがくがく――大翔《ひろと》は全身《ぜんしん》ふるえ、壁《かべ》に体重《たいじゅう》をあずけている。

馬頭鬼《ばずき》は流《なが》れおちるヨダレをぬぐうと、口《くち》をひらいた。

顔《かお》の半分以上《はんぶんいじょう》ある大口《おおぐち》だ。

ならんだ牙《きば》のむこう、のどの奥《おく》に、底《そこ》なしの闇《やみ》がひろがっている。

ゆっくりと、大翔《ひろと》の頭《あたま》へ近《ちか》づけていった。

「おにいちゃん……？」

声《こえ》が聞《き》こえた。

大翔《ひろと》はつぶっていた目《め》を見《み》ひらいた。

すぐわきの階段《かいだん》の上《うえ》に……結衣《ゆい》がたっていた。

アニメキャラクター柄《がら》のプリントシャツ。クリーム色《いろ》のスカート。今朝《けさ》、でがけに見《み》たときと同《おな》じ格好《かっこう》。
状況《じょうきょう》がわからないのか、不思議《ふしぎ》そうに大翔《ひろと》を見《み》おろしている。
馬頭鬼《ばずき》を見《み》た。
ぱち、ぱち、とまばたきをした。
(……だめだ)
大翔《ひろと》は息《いき》をのんだ。
気配《けはい》に気《き》づき、馬頭鬼《ばずき》がうしろをふりむいた。
結衣《ゆい》の姿《すがた》を見《み》て、ブルッと鼻《はな》から息《いき》をもらした。
馬頭鬼《ばずき》が一瞬《いっしゅん》だけ、考《かんが》えこんだ。その考《かんが》えが、大翔《ひろと》の頭《あたま》に、電流《でんりゅう》のように伝《つた》わった。
(だめだ……だめだ)
——小《ちい》さければ小《ちい》さいほど、ウマいんだよなぁ、ガキの肉《にく》って。
大翔《ひろと》をそのままにして、結衣《ゆい》のほうへ歩《ある》きはじめた。
(だめだ、だめだ、だめだ!)
馬頭鬼《ばずき》の口《くち》が、ペロリと舌《した》なめずりするのを見《み》た瞬間《しゅんかん》。

体《からだ》のふるえはピタリと止《と》まった。

足《あし》の痛《いた》みもきれいに忘《わす》れた。

大翔《ひろと》はほえた。


「どっせえええええええっいっ！」


タックルで飛《と》びかかった。

油断《ゆだん》していた馬頭鬼《ばずき》の腰《こし》へ、ぶちかます。

盛大《せいだい》にもつれあいながら、階段《かいだん》にたおれこんだ。

すぐさま跳《は》ね起《お》き、足《あし》をふんばる。

痛《いた》みも怖《こわ》さも全部《ぜんぶ》ふっとんで……もうよくわかんなくなりながら、ころげた馬頭鬼《ばずき》に、指《ゆび》を突《つ》きつけた。

「やい、こら！　この鬼《おに》！　あのなぁ！」

強《つよ》がりだっていいだろ。

「こいつは、たしかにグズで、泣《な》き虫《むし》で……わがままで、あまったれで……そのほか、いろいろ！　どうしようもないやつなんだ！　めんどくせーってよく思《おも》ったよ！」

だって、おれは兄《にい》ちゃんなんだ。

「でも……それでもな！」

大翔《ひろと》はさけんだ。

「こいつはおれの、世界《せかい》でたった1人《ひとり》の、大事《だいじ》な妹《いもうと》なんだ！　——手《て》をだすんじゃねえよ、バカやろうっ！」


「大翔《ひろと》、これ使《つか》えっ！」

聞《き》き覚《おぼ》えのある声《こえ》がひびきわたった。

同時《どうじ》に、目《め》の前《まえ》にガシャンとなにかがおちてきた。

スケボーだ。スポーツショップにおいてあったやつ。

ふりむくと、階段《かいだん》のわきに、金谷章吾《かなやしょうご》がたっていた。ゴルフクラブを持《も》ち、デイパックを肩《かた》にかけ、足《あし》にはインラインスケート。仏頂面《ぶっちょうづら》で、大翔《ひろと》を見《み》おろしている。

その顔《かお》を見《み》て、まだ走《はし》れるって思《おも》った。こんくらいの痛《いた》みでリタイアしてたら、章吾《しょうご》のやつにまた笑《わら》われちまう。

たおれた馬頭鬼《ばずき》がたちあがる。

「ゴールデンっ！」

「ハンマぁーっ！」

鉄《てつ》アレイが落下《らっか》してきて、馬頭鬼《ばずき》の頭《あたま》にぶちあたった。

和也《かずや》と孝司《こうじ》が、ぜぇぜぇ息《いき》をきらしながら、インラインスケートですべってきたのだ。

「ここで助《すけ》っ人《と》参上《さんじょう》だぜぇ！」

「ピンチのときにさっそうと！　カッコいいっ！」

2人《ふたり》はなぜかそれぞれ、カウボーイハットに鉢巻《はちま》き姿《すがた》。

手《て》すり越《ご》しに階下《かいか》を見《み》おろし……ゴムネットをかぶされた葵《あおい》を見《み》つけた。

「宮原《みやはら》っ。――いま助《たす》けるっ！」

和也《かずや》がさけんだ。

「とうっ!!」

気《き》あいのかけ声《ごえ》とともに、手《て》すりを乗《の》り越《こ》える。

2階《かい》からさっそうと飛《と》びおりた。

格好《かっこう》よく着地《ちゃくち》。

――はできずに、コケてゴロゴロすべっていく。

「――やっぱりジャンプはムリだったあああああぁぁぁ」

「…………」

章吾《しょうご》は無言《むごん》で、デイパックからナイフをとりだした。

階段《かいだん》の手《て》すりをかるくすべりおり、葵《あおい》のわきに着地《ちゃくち》する。

ゴムネットをきった。

「これ乗《の》って、逃《に》げられるか？　宮原《みやはら》」

デイパックに突《つ》っこんであったスケボーをわたす。

「あ、ありがとう。金谷《かなや》くん……」

受《う》けとる葵《あおい》の顔《かお》が、少《すこ》しだけ赤《あか》くなった。

「くそおおぉぉぉぉっ！　章吾《しょうご》ぉぉ、おまえなんてキライだあぁぁぁっ！」

「……まったくかまわないが、なんなんだよおまえは……」

血《ち》の涙《なみだ》を流《なが》しそうな和也《かずや》に、章吾《しょうご》はちょっとひいている。

「ぼくもー！　ぼくもヘルプーっ！　捕《つか》まってるよーっ！」

悠《ゆう》がゴムネットにからまったまま、助《たす》けを求《もと》めた。

「まかせて！　いま助《たす》けるよ！」

と、孝司《こうじ》が慎重《しんちょう》に階段《かいだん》をおり、すべっていく。悠《ゆう》のわきで止《と》まり、ナイフをゴムネットにあてた。

もたもたしている。

「はやく！　はやくきってて！」

「……いま思《おも》いだしたんだけどさ」

「なに!?」

「……僕《ぼく》、図工《ずこう》は1なんだよね。不器用《ぶきよう》なんだった……」

「思《おも》いださなくてよかったよ、その情報《じょうほう》！　がんばってようぅ！」

「――全員《ぜんいん》、逃《に》げるぞ！　突っ走《ぱし》れ！」

章吾《しょうご》がゴルフクラブを馬頭鬼《ばずき》の頭目《あたまめ》がけてぶん投《な》げた。たちあがった馬頭鬼《ばずき》がよろめく。

大翔《ひろと》はころがっていたゴムネット銃《じゅう》に飛《と》びつくと、ひき金《がね》を押《お》しこんだ。

バサッとネットが馬頭鬼《ばずき》にからみつく。

馬頭鬼《ばずき》が怒《いか》りでほえた。

「GO《ゴー》！」

葵《あおい》がスケボーで走《はし》りはじめた。何度《なんど》も床《ゆか》をけって飛《と》び乗《の》ると、一直線《いっちょくせん》に通路《つうろ》をかける。

「よし、だめだ、桜井《さくらい》くん。きれないや。僕《ぼく》にはムリだったよ」

「潔《いさぎよ》すぎるよぉーっ。そこくじけないでようっ！」

「おい孝司《こうじ》！　もうそのまま、桜井《さくらい》これに乗《の》っけちまえ！」

和也《かずや》ががらがらと押《お》してきたのは、ショッピングカート。

「えっ。みんなスケートとスケボーで、ぼくだけこれ!?」

おろおろする悠《ゆう》を、和也《かずや》と孝司《こうじ》が2人《ふたり》がかりでかついで、カートに乗《の》せる。

「ぼくももっと、カッコいいのないの!?」

「なにいってるんだ！　鬼《おに》に食《く》われるのと、カッコ悪《わる》いの、どっちを選《えら》ぶんだっ！」

「そうだぞ桜井《さくらい》！　いいから乗《の》ってろっ！　――発車《はっしゃ》しまああぁぁぁぁぁぁあっす！」

「――カッコいいのないのおぉぉぉぉっ!?」

ショッピングカートをガタゴトころがし、和也《かずや》と孝司《こうじ》と悠《ゆう》が通路《つうろ》を走《はし》っていく。

「大翔《ひろと》もはやくしろっ！」

「わかってる！」

大翔《ひろと》は結衣《ゆい》を抱《だ》きあげると、一《ひと》けりでスケボーに飛《と》び乗《の》った。そのまま前傾《ぜんけい》になって、加速《かそく》する。横《よこ》を章吾《しょうご》が並走《へいそう》する。

――全員《ぜんいん》、1階通路《かいつうろ》を全力疾走《ぜんりょくしっそう》。


『ぴんぽんぱんぽん。ご来店《らいてん》のお客《きゃく》さまへお知《し》らせいたします。モール内《ない》での、インラインスケート、スケボー、ショッピングカートなどを使《つか》った暴走《ぼうそう》行為《こうい》は、大変危険《たいへんきけん》です。

ご遠慮《えんりょ》くださいますよう、おねがいいたします。』

「知《し》るかよっ！」

「メーワクな警備員《けいびいん》をなんとかしてからいえっての！」

「そうだそうだーっ！」

『えー……』

みんなで抗議《こうぎ》すると、放送《ほうそう》はこまったような声《こえ》をだした。ぴんぽんぱんぽーん、といってきれた。案外《あんがい》、押《お》しに弱《よわ》いのかもしれない。

馬頭鬼《ばずき》はネットから抜《ぬ》けでてたちあがり、逃《に》げていく子供《こども》たちのほうをふりかえった。

紙袋《かみぶくろ》に手《て》をつっこんだ。

ごそごそと中身《なかみ》をさぐっていたが……やがて、なにかをがしりとつかんだ。

ゆっくりと、とりだしていく。

黒《くろ》くにぶい色《いろ》をした、鉄《てつ》のかたまりだ。

少《すこ》しずつ、中身《なかみ》が見《み》えはじめる。

少《すこ》しずつ、少《すこ》しずつ、外《そと》にだす。

少《すこ》しずつ、少《すこ》しずつ、少《すこ》しずつ…………。

——全部《ぜんぶ》でると、全長《ぜんちょう》5．34メートル。重量《じゅうりょう》18トン。

【商品《しょうひん》No《ナンバー》．0 〝大砲《たいほう》〟。ドカーン。威力《いりょく》・激高《げきたか》】


「「そんな」」

「「商品《しょうひん》が」」

「「あるかあっ!!」」

おもわず全員《ぜんいん》でツッコんだ。

どんだけなんでもそろうんだよ、このショッピングモール！

ていうか紙袋《かみぶくろ》んなか、はいるわけねーだろそれっ!!
馬頭鬼《ばずき》は警備服《けいびふく》の胸《むね》ポケットから、マッチ棒《ぼう》をとりだした。
床《ゆか》でこすって火《ひ》をつける。
大砲《たいほう》のうしろからのびた導火線《どうかせん》に、近《ちか》づけた。
火《ひ》が燃《も》えうつり、パチパチ音《おと》をたてながら、導火線《どうかせん》をのぼっていく——
馬頭鬼《ばずき》が両手《りょうて》で耳《みみ》をふさいで、うしろをむいた。

「全員《ぜんいん》、ふせろぉっ!!」

つぎの瞬間《しゅんかん》、音《おと》が聞《き》こえなくなった。
あまりに音《おと》がでかすぎて、耳《みみ》がおかしくなったのだ。
口径《こうけい》890ミリメートル。速度約《そくどやく》500メートル毎秒《まいびょう》。
巨大《きょだい》な砲弾《ほうだん》が——発射《はっしゃ》!
ころぶようにふせたみんなの頭上《ずじょう》を、轟音《ごうおん》とともにとおりすぎる。

ならんだ店先《みせさき》の商品《しょうひん》が、全部《ぜんぶ》ふっ飛《と》んだ。

コーヒーカップ。ネックレス。アイスのコーン。T《ティー》シャツにチラシ……ショッピングモールのいろんな品物《しなもの》が、全部《ぜんぶ》、宙《ちゅう》に舞《ま》いあがった。

みんな、飛《と》ばされないようにふんばった。

砲弾《ほうだん》は売《う》り場《ば》をめちゃくちゃにこわしていく。

おかれたカートをなぎたおし、彫刻《ちょうこく》を木《こ》っ端微塵《ぱみじん》にぶっこわし、ガラスをバラバラにわって――

ドゴン！

――入《い》り口《ぐち》を封鎖《ふうさ》していたシャッターにぶちあたった。

ぶあついシャッターを突《つ》き抜《ぬ》け、でっかい穴《あな》をあける。

そのまま飛《と》んでいき――見《み》えなくなった。

「……みんな、無事《ぶじ》かぁ～!?」

ぱらぱらとほこりが舞《ま》い散《ち》っている。

ショッピングモールはもうめちゃくちゃだ。

みんな、「無事《ぶじ》ー！」「なんとかぁー！」とこたえながら、たちあがった。

コンクリートのかけらや洋服《ようふく》やチラシが、ぐっちゃぐちゃになってあたりに散《ち》らばっている。

「あそこから、外《そと》にでましょっ……！」

けほけほと咳《せ》きこみながら、葵《あおい》がいった。

シャッターにあいた穴《あな》のむこうは、霧《きり》が薄《うす》くなっていた。

……外《そと》だ。

行《い》き交《か》う車《くるま》が見《み》える。とおりすぎる人々《ひとびと》の姿《すがた》が見《み》える。

いつもどおりの現実《げんじつ》の、ショッピングモール入《い》り口《ぐち》。

大砲《たいほう》でさわぎにもなってない。

きっと、あのシャッターの境目《さかいめ》で、世界《せかい》がちがってるんだ。

あそこが、ゴールだ。

「全員《ぜんいん》、走《はし》れっ！」

スケボーやインラインスケートを捨《す》てておくと、全員《ぜんいん》、全速力《ぜんそくりょく》で走《はし》りはじめた。章吾《しょうご》が悠《ゆう》のゴムネットをきり、かけだしていく。

うしろから馬頭鬼《ばずき》が追《お》いかけてくる。

「……結衣《ゆい》！」

大翔《ひろと》は結衣《ゆい》に背中《せなか》をむけた。

かがみこんで、うしろに手《て》をまわす。

「乗《の》れっ」

「でも……」

と結衣《ゆい》は泣《な》きそうな顔《かお》をして、大翔《ひろと》を見《み》ている。左足《ひだりあし》。見《み》てわかるくらい、ひどいのかもしれない。

「だいじょうぶ！　いいから乗《の》れよ！」

ぽんと背中《せなか》をたたいてやると、結衣《ゆい》はようやく背中《せなか》に乗《の》ってきた。

おちないようにしっかり背《せ》おいなおし、大翔《ひろと》はたちあがる。

さあ、走《はし》るんだ。

HIRO

痛《いた》くないぞ。いつもこうやって、おぶってるんだ。

迷子《まいご》の結衣《ゆい》を見《み》つけたときも、こうやって帰《かえ》ったんだ。

家族《かぞく》でハイキングにいったときもそうだ。母《かあ》さんの長《なが》い長《なが》い買《か》い物《もの》につきあうときもそうだ。

いつも大翔《ひろと》だってへとへとだった。もう歩《ある》けないって何度《なんど》も思《おも》った。

でも、妹《いもうと》がいたからがんばれた。

おれの大事《だいじ》な妹《いもうと》が、いつでも背中《せなか》を見《み》てたから。

もらった貝殻《かいがら》は、いまも部屋《へや》の机《つくえ》のひきだしの奥《おく》にしまってある。

おれは兄《にい》ちゃんなんだから。


「しっかりつかまってろよ!」

大翔《ひろと》は走《はし》りはじめた。

速《はや》い。1人《ひとり》で走《はし》ってるときより速《はや》いくらい。

馬頭鬼《ばずき》をひきはなす。
ちっともつかれない。
くやしげな馬頭鬼《ばずき》のいななきが、どんどん遠《とお》くなっていく。

「ゴール！」

穴《あな》から外《そと》へ、飛《と》びだした。
真《ま》っ赤《か》な空《そら》は、もうなくて。
いつもどおりの、青空《あおぞら》がひろがっていた。

2週《しゅう》間《かん》後《ご》

「ポップコーンは買《か》った？　はい、これジュース」

「買《か》ったよ。チケットはだれが持《も》ってる？」

「はい、こっちー。ヒロト、アオイ、ユイちゃん、関本《せきもと》くんに伊藤《いとう》くんに金谷《かなや》くん」

「……べつに、俺《おれ》は、そんなに観《み》たいわけじゃなかったんだけどな……」

晴《は》れた空《そら》。

人《ひと》でごったがえした映画館《えいがかん》。

大翔《ひろと》たちはチケットを持《も》って、入場口《にゅうじょうぐち》をくぐった。

もうあんなショッピングモール、二度《にど》といきたくないって思《おも》ってたのに、結局《けっきょく》、おもしろかった、すっごくおもしろかった！　って映画《えいが》の評判《ひょうばん》に負《ま》けて、みんなで観《み》にいくことになったのだ。

バカにしてた章吾《しょうご》だって、結局《けっきょく》、観《み》にきてる。章吾《しょうご》もガキじゃねーかってからかってやったら、不機嫌《ふきげん》になった。

結衣《ゆい》は、おとなしく座席《ざせき》に座《すわ》って、映画《えいが》がはじまるのを待《ま》っている。

ぜったいわがままいわないからっていうから、つれてきたけど。

……ふふん。

どうせまた、すぐにぐずりはじめるにきまってるんだ。

大翔《ひろと》はわかってるのだ。

だって、いつものことなんだから。


映画《えいが》は、最高《さいこう》におもしろかった。いっぱい笑《わら》ったし、感動《かんどう》もした。章吾《しょうご》だってめちゃくちゃ笑《わら》ってた。

映画《えいが》のあと、みんなでレストランでお昼《ひる》ごはんを食《た》べた。これもすごくおいしかった。

葵《あおい》が食事《しょくじ》のマナーにうるさかった。

……ただ一《ひと》つ気《き》になるのは、結衣《ゆい》が、本当《ほんとう》にわがままをいわないことだ。

いつもなら、とっくに、おにーちゃん、つかれた、とか、おにーちゃん、おんぶとか、いいはじめるころなのに。

大翔《ひろと》はなんだか、おちつかなかった。

悠《ゆう》の希望《きぼう》で、みんなでモールの電器屋《でんきや》さんにはいった。パソコンに夢中《むちゅう》になってかじりついている悠《ゆう》に、みんなは退屈《たいくつ》だって文句《もんく》をいった。

流《なが》しっぱなしのテレビの画面《がめん》で、サッカーやニュースの映像《えいぞう》が流《なが》れてる。

なにかの番組《ばんぐみ》で、どこかのおばあちゃんがしゃべってるのが聞《き》こえた。

『子供《こども》は成長《せいちょう》していくものですよ。小《ちい》さいと思《おも》ってても、すぐにね。いつものことだと思《おも》っていても、それはいまだけの宝物《たからもの》なんです』

……帰《かえ》り道《みち》。

章吾《しょうご》たちと別《わか》れ、葵《あおい》と悠《ゆう》も塾《じゅく》とおつかいでべつべつになり……大翔《ひろと》と結衣《ゆい》だけになった。

さすがに歩《ある》きつかれたんだろう。結衣《ゆい》の足《あし》どりは重《おも》く、地面《じめん》とにらめっこしてるみたいだ。

それでもガマンしているのか、なにもいいださない。

この前《まえ》まで、あんなにあまったれだったのに。

「……ほら、乗《の》れよ。つかれたろ？」

大翔《ひろと》はかがんで、背中《せなか》をむけた。

結衣《ゆい》は、待《ま》ってましたとばかりにうれしそうに飛《と》びついてきた。

やっぱり相当《そうとう》、歩《ある》きつかれてたみたいだ。

「今日《きょう》は映画《えいが》観《み》れて、満足《まんぞく》か？」

背中越《せなかご》しに、大翔《ひろと》は話《はな》しかける。

「家飛《いえと》びだしてくるほど、観《み》たかったんだもんな。

……ったく。母《かあ》さんといったほうが、楽《らく》だったろうに。車《くるま》でいけるしさ」

「……そーじゃないの」

結衣《ゆい》は、ぶるぶると首《くび》をふった。

ぜんぜんわかってないといいたげに、唇《くちびる》をとがらせる。

大翔《ひろと》の背中《せなか》に顔《かお》をうずめると、満足《まんぞく》そうに笑《わら》った。

「おにーちゃんと、みたかったの！」

「…………」

たぶん、こうやってられんのも、そんなに長《なが》くはないんだと思《おも》う。

結衣《ゆい》だってすぐに小学校《しょうがっこう》にあがって、そのうちいまの大翔《ひろと》と同《おな》じ歳《とし》になって。

それからも、どんどん大《おお》きくなっていくんだろう。あまったれでもなくなるんだろう。

そしたらもう、こんなめんどうくさい、兄貴《あにき》の役《やく》も卒業《そつぎょう》だ。

……だから。

大翔《ひろと》は結衣《ゆい》を背《せ》おいなおして、家《いえ》への帰《かえ》り道《みち》を歩《ある》いていく。

2人《ふたり》の影《かげ》がかさなって、ほそく長《なが》くのびている。

だから、その日《ひ》がくるまで、もうちょっとだけ、わがまま聞《き》いてやることにしよう。

……でも、もうちょっとだけだからな？

第《だい》3弾《だん》『いつわりの地《じ》獄《ごく》祭《まつ》り』へつづく……

集英社みらい文庫

絶望鬼《ぜつぼうおに》ごっこ

くらやみの地獄《じごく》ショッピングモール

針《はり》とら 作

みもり 絵

ファンレターのあて先
〒101-8050 東京都千代田区一ツ橋2-5-10 集英社みらい文庫編集部
いただいたお便りは編集部から先生におわたしいたします。

2015年8月10日 第1刷発行
2018年6月6日 第10刷発行

発行者 北畠輝幸
発行所 株式会社 集英社
〒101-8050 東京都千代田区一ツ橋2-5-10
電話 編集部 03-3230-6246
読者係 03-3230-6080
販売部 03-3230-6393(書店専用)
http://miraibunko.jp
装丁 +++ 野田由美子 中島由佳理
印刷 凸版印刷株式会社
製本 凸版印刷株式会社

★この作品はフィクションです。実在の人物・団体・事件などにはいっさい関係ありません。

ISBN978-4-08-321277-2 C8293 N.D.C.913 188P 18cm

「みらい文庫《ぶんこ》」読者《どくしゃ》のみなさんへ

言葉《ことば》を学《まな》ぶ、感性《かんせい》を磨《みが》く、創造力《そうぞうりょく》を育《はぐく》む……、読書《どくしょ》は「人間力《にんげんりょく》」を高《たか》めるために欠《か》かせません。
たった一枚《いちまい》のページをめくる向《む》こう側《がわ》に、未知《みち》の世界《せかい》、ドキドキのみらいが無限《むげん》に広《ひろ》がっている。
これこそが「本《ほん》」だけが持《も》っているパワーです。

学校《がっこう》の朝《あさ》の読書《どくしょ》に、休《やす》み時間《じかん》に、放課後《ほうかご》に……。いつでも、どこでも、すぐに続《つづ》きを読《よ》みたくなるような、魅力《みりょく》に溢《あふ》れる本《ほん》をたくさん揃《そろ》えていきたい。読書《どくしょ》がくれる、心《こころ》がきらきらしたり胸《むね》がきゅんとする瞬間《しゅんかん》を体験《たいけん》してほしい、楽《たの》しんでほしい。みらいの日本《にほん》、そして世界《せかい》を担《にな》うみなさんが、やがて大人《おとな》になった時《とき》、「読書《どくしょ》の魅力《みりょく》を初《はじ》めて知《し》った本《ほん》」「自分《じぶん》のおこづかいで初《はじ》めて買《か》った一冊《いっさつ》」と思《おも》い出《だ》してくれるような作品《さくひん》を一所懸命《いっしょけんめい》、大切《たいせつ》に創《つく》っていきたい。

そんないっぱいの想《おも》いを込《こ》めながら、作家《さっか》の先生方《せんせいがた》と一緒《いっしょ》に、私《わたし》たちは素敵《すてき》な本作《ほんづく》りを続《つづ》けていきます。「みらい文庫《ぶんこ》」は、無限《むげん》の宇宙《うちゅう》に浮《う》かぶ星《ほし》のように、夢《ゆめ》をたたえ輝《かがや》きながら、次々《つぎつぎ》と新《あたら》しく生《う》まれ続《つづ》けます。

本《ほん》を持《も》つ、その手《て》の中《なか》に、ドキドキするみらい――。

本《ほん》の宇宙《うちゅう》から、自分《じぶん》だけの健《すこ》やかな空想力《くうそうりょく》を育《そだ》て、〝みらいの星《ほし》〟をたくさん見《み》つけてください。

そして、大切《たいせつ》なこと、大切《たいせつ》な人《ひと》をきちんと守《まも》る、強《つよ》くて、やさしい大人《おとな》になってくれることを心《こころ》から願《ねが》っています。

2011年《ねん》　春《はる》

集英社《しゅうえいしゃ》みらい文庫編集部《ぶんこへんしゅうぶ》